图书在版编目（CIP）数据

嘉峪关下 / 胡杨著. -- 兰州 ：敦煌文艺出版社，2018.2
(陇原当代文学典藏. 诗歌卷)
ISBN 978-7-5468-1513-8

Ⅰ. ①嘉… Ⅱ. ①胡… Ⅲ. ①诗集－中国－当代 Ⅳ. ①I227

中国版本图书馆CIP数据核字（2017）第328368号

嘉峪关下
（陇原当代文学典藏·诗歌卷）
胡　杨　著
责任编辑：王　倩
助理编辑：李恒敬
装帧设计：马吉庆

敦煌文艺出版社出版、发行
地址：（730030）兰州市城关区读者大道568号
邮箱：dunhuangwenyi1958@163.com
0931-8773259(编辑部)
0931-8773112　8773235(发行部)

深圳市泰和精品印刷有限公司印刷
开本 880毫米×1230毫米　1/32　印张 12.25　插页 6　字数 210千
2018年7月第1版　2018年7月第1次印刷
印数：1～1 000

ISBN 978-7-5468-1513-8
定价：68.00元

目录

陇原当代文学典藏·嘉峪关下

在阿拉善

∨

有风像沙子一样，堆积无垠——题记

1

或者在一丛梭梭的枝条下
细数坠落的叶片
或者如一只蚂蚁
搬运秋天的余粮

一只羊的咩叫
能传出很远
能让另一只羊侧耳倾听

一只羊在巴丹吉林
一只羊在腾格里

2

逐水草的骆驼
背负一眼旺盛的泉水
积攒盐巴和粮食

把茶叶的清香
扎紧，密封在麻袋里

见了面的人
互相问候一声
口音里，有一片柳树
有一串红彤彤的沙枣
急匆匆的步子
踢开

惊喜中的拥抱
泪水和口水
从花白的胡须上滴下

3

巴丹吉林是一片金箔
是一块羊脂

金箔是金灿灿的沙子
羊脂是亮晶晶的泉水

红柳支架上，覆盖了
细致的羊毛和牛毛
被风抚摸，渐渐厚实和温暖
星光辉映，如一位敦厚的老者
赶着他世袭的羊群

春天永远在粗粝的手掌上

打磨鲜嫩的叶片
就像尘封的玛瑙和翡翠
脱去岁月的包浆

沙子用无数的脚
搬动阿拉善，但它始终
搬不走一顶帐篷
和一眼泉水
向阳的草坡
堆积了去年冬天的雪
这雪，已滋润了青草的种子
这青草，如行进的队伍
在沙漠的重重包围中

4

一声吆喝
就把巴丹吉林推远
又一声吆喝
又把巴丹吉林拉近

天上的星星
有一部分落在马鞍上
嵌银的马鞍
即使在最黑暗的夜晚
也有掩饰不住的光芒

月色，渐渐融进酒和奶液
时而平静，时而奔放

像沐浴中的马，又像
发情的骆驼

5

天似穹窿，帐篷就是一个个微缩的天
无数的牧人支撑着自己的天
牛羊像星星一样
河流向云朵一样
歌声像花儿一样
爱情像琴弦一样

岁月山岩一样高耸
凝结着无边无际的往昔

6

醇香、绵润、多汁，亦似火一样的炽烈
这是草原

深邃、幽远、丰美，亦有海一般的胸怀
这是雪山

草原和雪山环卫的巴丹吉林
拨开沙的面目
多有玛瑙和翡翠的惊艳

似乎不需要垂怜
一只云雀找到了草籽和水

似乎不用祈求
披上羊皮
寒冷就只能像绵羊一样
跟在身后

像无垠的沙漠
跟在绿洲的身后

7

流浪者，一路上搜集了
沙子之间的撞击
一路上，将一处处伤疤
撒盐，让疼痛说话

寂寞堆积如沙
思念缠绕如风

谁是谁的某一天
谁是谁的一场雨

沙漠上的遥望
不时被风打断

一个人从看见另一个人
不说话，互相碰一碰肩膀
驮子放下，一颗悬着的心
也放下

再远的路
在一杯又一杯的烈酒里
打个圈儿
又回到赶驼人的脚趾

8

一个人对另一个人说
三个月了，没有雨
日子就苦焦了

一个人对另一个人说
我们再往远处走走
快到雪山底下了
风里吹来一阵阵清凉

一个人对另一个人说
把我们的帐篷合为一处
巴丹吉林就小了

9

沙漠下面的水
被一根草拽出来了
一棵树下，就是一条河流

干涸的沙漠
草场被沙子埋掉了一半

另一半等着春天涌来的潮水

谁会从一股大水中分辨
曾经的一滴泪

谁会一声不响地从马背上
赶回一群羊

巴丹吉林的事情
像一帧谶语

挂在五月的沙枣花斟满了雨水
比陈年的酒还要醇香

大雪

∨

大雪中的卓玛
看不出她的裙子是什么颜色

大雪中的卓玛
站着，一动不动
雪渐渐像一件皮袄
裹住了她

雪越来越大
也看不出那是一件皮袄了

倒像是一截树桩子
草原上没有树啊
谁也看不出来
这是一截树桩子

只有卓玛自己知道
她这个树桩子
要拴住
像野马一样的扎西

白茫茫一片

∨

出了帐篷
白茫茫一片

远处的山啊
河啊，草啊

近处黄的、灰的
黑的颜色

都被一片片小小的雪花
抹掉了

要是永远都被抹掉
那该多么孤单啊

小卓玛突然间觉得
只有自己一个人
站在这个世界

小红马

任性的小红马
一口气跑到山坡
一口气又从山坡跑下来
停在泉水边

泉水在山坡的另一面

扎西喊着小红马的名字
他一直面对山坡喊着

你以为她在山坡上
它却在山坡下

那清凌凌的泉水
知道一匹马的性子
不会绕过泉水

枯草

一夜之间就黄了的草
第二天就枯萎了

这个秋天来得急
走得也急

刚刚打好草垛子
刚刚砍来一堆柴火

草枯了
第一场雪来的时候
寒冷把所有的羊
赶进了羊舍
而把所有的人
都圈进了酒的芬芳
和歌舞的热闹之中了

厚实的雪

一点点落下来
一点点把自己堆高

像是一次重逢
大家抱成一团

你在哪儿
我在哪儿
这会儿
咱们都在一起了

这会儿
咱们是整个大地的主角

厚实的雪
轻轻拍打着休眠的万物
像是拍打自己的孩子

在嘉峪关

V

密集的雪是我的伙伴
簇拥我独上城楼

密集的雪
它们会是多少士兵

墙里墙外
拥挤着

我像一个将军
踩着雪
披着雪

在茫茫的雪中
成为雪的一分子

燕子

V

我一直觉得它们不是燕子
它们啾啾啾的叫着
互相诉说着
也对每一个人
诉说着

它们在城墙上飞舞
一闪就过去了
像一道飞矢

它们在檐角上停留
双翼像是剪刀和矛

它们原本就不是燕子
曾经丢失了的戍守
又来站岗了

山河静谧

∨

落雪的声音渐渐放大
能看清楚每一片雪花
能听清楚它们身体和身体的摩擦

山河静谧

枯萎的灌木
被风折断
一粒沙子飞起来
后面紧跟着
无数的沙粒

山河静谧

兔子出窝
从一窟到另一窟
不止三窟
窟窟都存满越冬的粮食

山河静谧
只有我一口一口喘着粗气
内心喧哗
如郁结的浮冰

鸽子

∨

飞了一圈，又飞了一圈
雪地上
空荡荡的
一只鸽子
飞低又飞高
有一阵子
离开了我的视线

当它再次回来的时候
飞了一圈
又飞了一圈

我以为它是别的鸽子

在冰湖

∨

落了雪的湖
只有一丛丛芦苇
划分开湖与戈壁的疆界

只有麻雀偷偷刨开雪
拣食稀疏的草籽

只有天空的鹰
盘旋几圈
看那只不安生的兔子
隐身何处

只有路过冰湖的人
仔细瞅瞅
哪儿是湖
哪儿是湖边的小道

除此之外
一切都是静悄悄的

嘉峪关下

从一个垛口看过去
从一排垛口看过去

大雪中晃动的天空
大雪中飘舞的大地

少了一匹马
少了一群羊

一座庞大的城
空落落的
孤零零的

塞外

草冻裂了叶子
自己抱紧自己

稍稍背风的山梁
就堆满了雪
陈年的雪
在更高处
看不见它们

爬过所有的山
走过所有的戈壁
回来的人
稀疏如草

那河岸边的老柳树
架了老鸹窝
等待黄昏的归鸦

高处

那些树，那些
斜斜升起来的炊烟
让人握住
稻草一样的温暖

崖壁上雪
不时裹起强劲的风
飞舞，不时
回旋弱瘦的身子
重新领有自己
辉煌的余生

高处，看清了自己
也模糊了
曾经熟稔的东西

在长山子

独独一股旋风
打扫干净我们的来路

独独一座烽燧
像一个老人
抖搂自己的陈芝麻烂谷子

我们停下来
在长山子
在一股旋风和烽燧之间

似一个倾听者
又似一个主宰者

山峦下的戈壁
有了一种异样的美

一队骆驼

V

它们从峡谷而出
又向我们缓缓走来

我蹊跷深冬的早晨
不会有悠闲的驼队
卸载这漫天的大雪

又仔细搜寻
视野中的骆驼
进展如此缓慢

啊哦，那是去年刚刚用铸铜
浇灌的骆驼
是雪花的鞭子
驱赶了
它们内在的激情

看见

∨

雪堆在一起
与无法剥落的冷
对视

这样的高度
一个人的力气和眼光
一步步下滑

山、河以及戈壁
不是随随便便
被谁拥有

碑石下的雪

沉重的石头
文字的刻痕
让时间流血

而那些貌似潇洒的雪
一点点落下来
一点点覆盖
石碑下的空地

后来，几天几夜的雪
埋住了石碑

厚厚的雪
看上去只有雪

穿云裂帛的语言
睡着了

每一次

∨

在峡谷，涤足
流过的水
像一个人的脚印

在戈壁，歇下来
走了一路
到处都是戈壁
像是没有尽头

每一次
在黑暗的尽头
看见了日出

怀抱一缕晨光
就像做了一次新娘

山顶上的消息

一座烽火台占领着一个山头
众多的山头
就不敢小觑它

多少年了
一座山头光秃秃的
一座烽火台也光秃秃的

远方一直没有消息传来
眼巴巴地望着也没有
风越来越猛
吹掉它一身的泥巴
吹掉一身泥巴
还是一身泥巴

从前戳进去的箭矢
是深深的伤

怀念这深深的痛
没有痛的烽火台
自己也觉得无趣了

狼烟

∨

虚构的烟
无火而生

那只钻入草丛的狼
在慌忙中
丢掉了半个腿

奄奄一息的鸡
吸干了血

春风吹过
它身上的腥味
又飘过来

在那高高的烽火台
在那人迹罕至的土坡梁

三尺沙子下
那冲杀者的呐喊
像根一样蔓延

从此门出去

身后丢掉的东西越来越多
身后，几双眼睛
像阳光
照着

从此门出去
一朵沙枣花的香味
越来越淡

一头毛驴
一匹马
摇摇晃晃的骆驼
指望着它们
驮回
一缕斜斜的炊烟

那小小的黄泥屋啊
盛满了
绵绵的寂寞和抽泣

高高的山梁

∨

白雪情义
在山冈

黄天之下
厚土绵长

一桶水，走过山路
从低处到高处

一嗓子酸调
从高坡漫向低谷

高和低
在夜晚
油灯下的念想
早早就动身
从小小的橱窗
透漏出去

远远地方
都看到了

沙窝

人走过去
风走过去

沙窝里的麦子
风吃一半
人吃一半

只有那一树桃花
端端正正地站着
风来了
雨来了
都来打扮它

沙窝里的风吹着
沙窝里的人走着

那枝条上的桃子
一颤一颤的
像踮着脚走路的女子

荒野上的城

V

只有风和土
守着

床铺撤走了
家具撤走了

熄了火的炉灶
凉透了

柳树上叶子
飘落之后
就再也没有
消息

墙，越来越老了
没有了门牙
腿，折了
胳膊，断了

天天蹲在风沙里
晒太阳
没有太阳的时候
晒自己陈旧的往事

在山水沟

像老财主积攒银钱
山上的水
一点点汇集
似一面镜子
照见了山自己

树叶像一面镜子
挂在山谷
草也像一面镜子
挂在树上

兔子啊，山羊啊
老鼠啊，还有狐狸啊
狼啊，都来看它们
有一些喜悦
有一些恐怖

多美啊
一条山水
像穿了绿裙子

鹰泉

这水，从最干涸的沙里
涌出，只为它
点点滴滴的吮吸

这水，在夜晚的星光下
如珠玉，挂在
沙漠的脖颈

这水，一次次呼喊
高处的云

它们落下来
就是成群的鹰

如雨滴
如雪片

最后，落地起沙
是鹰

在榆树沟

∨

水的声音在传播
那些茂密的草
始终压不住它

水的声音
渐渐沿着树枝
爬向高处

像一片片树叶
哗啦啦作响

水的声音
渐渐像绽放的花
把自己心里的颜色
涂抹在
阳光的茎叶

这就是榆树沟

水混合着阳光
像酒一样发酵
有袭人的香味

西风

∨

像是一次偷袭
当捂不住的声响
轻摇树枝
寒冷的质地
总是经不住拍打
春天的堤岸

刚刚结苞的柳丝
或许只能微缩在
白雪的中央

一阵紧似一阵
盯着过路的云

那一朵有雨
一吹
就知道了

五月雪

回头一眸
就看见了它

在嫩绿的叶片上堆积
但很快，就融化为
露水

但很快，就在一片雾霭中
刷新春天
惊讶的眼神

那个夜晚回来的人
那个掖紧衣服
匆匆打开屋门的人

就像一片雪花
一闪
就不见了

深深的河谷

∨

多少年，它们伸着头往外看
腰围胖了一圈又一圈

多少年了
风从西来
水向东流
它们，定定地站着
把自己养大
把自己的孩子养大
一簇一团
像一个家族

深深的河谷
这些榆树
这些白杨树
填充了整个河谷的空虚
哗啦啦的流水声
挤在中间

似一片片叶子
在崖壁上攀援
在半空中飞

在草原

∨

帐篷在风里
阿帕走出帐篷
在风里

草原啊
草在风里
一天天长大

草原啊
阿帕在风里
一天天老去
皮肤像无水的河床

这样的轮回
能不能倒转

用草的时光
用雪山的一小部分时光

换回阿帕
灵活的舞姿
和花一样的笑容

拐弯处

∨

那场雪还在拐弯处
悄悄地蹲着

那场雪
冻掉了阿吾勒的十五个手指头
巴桑的两个
阿铁别克的一个
吐尔森的一个
……
最惨的是别斯拜
手指整整冻掉了四个
他用那四个手指
从风雪大板
赶回了二百只羊

那场雪，在拐弯处
偷偷地歇着

不知道，埋着多少
不安分的指头

一个又一个草垛

∨

秋天了
草长高了

秋天了
草黄了

秋天了，让草再高一些
就垒起草垛子
就垒起一个一个的草垛子

让渐渐趴下的草
直起身子

这一个又一个草垛子
站在草原上
像守望羊群的额古

松林

∨

冬天白茫茫一片
春天，它们洗净
松树的叶子

冬天，溪流悬挂
像攀升的根苗

在这阴坡
在这厉风绕过的洼地

松林由下而上
这一棵和那一棵
枝条簇拥着
根也盘在一起

夏天，冰雪
缝制成峰顶上的峨冠
那细密的针
就是挺拔的松林

白玛

小孩子到处跑
人们看着她跑远了
也不在乎
反正哪儿都是草

她是白玛
草原上一顶帐篷里的白玛

后来，她长大了
赶着一群羊
她走到哪里
羊群就走到哪里
帐篷就扎在哪里

她是白玛
牧羊女白玛

后来，她有了自己的孩子
怀里抱着一个

草上跑着一个
她的孩子也像她一样任性

她看着他们
呼唤着他们的名字——白玛

央金

裙子被风吹起来
轻轻吹起来

就像风中
颤动的花

弯下腰
再弯下腰
一勺一勺舀水

然后背着水往回走

裙子被风吹起来
稍稍掀开半边

空阔的草原
看见一个叫央金的姑娘
像一朵羞涩的白蘑菇

欢腾的草原

羊儿走了
一匹马悄悄地拴在帐篷前

一匹马享有了
一捆肥美的青草

帐篷的小窗一直掀开半个边
帐篷里的卓玛
脸上腾起一朵彩霞
旋即又消失

往复机次
卓玛捂上了自己的脸

小小的帐篷
被一阵又一阵的甜蜜所鼓动

像是雨后的花蕾

迅速绽放

似乎是所有的花盘
都爆裂了

一匹马

在湿地
在大片大片的草滩

在和风中
在细碎的阳光下

在公路的一侧
在胡杨林的边缘

一切服从于静谧
一切豁然达观

是因为有了那匹马
是因为马一直低头

这世界没有发生什么事情
这世界
一匹马在吃草

枯萎的树干

V

高高低低的树
只有这枯萎的树干

高高低低的树
有一两棵
旁逸斜出
生发一丝翠绿

广大的沙漠
荒芜的景致
突然被一束绿色
激活

看见古城

合围的城墙
爬满老旧的黄土

戈壁的黝黑
浮起它
无根的四壁

它像是孩童
折叠的一幅纸船
轻飘飘的
在无边的日光中晃动

似乎它要倒塌了
似乎是一次
没有目的地的航行

在今天

每一个人都穿过风
每一个人都淋了雨

每一个人关上一扇门
又打开一扇门
习以为常
没有特别的发现

每一个人像是另外一个人
每一个人照镜子
看见的自己
已经十分陌生了

一场风

∨

春天的位置被挪走
就像一个走丢的孩子
迷失在花径

风是这样一个通道
它有始无终
牵着所有的手
一瞬间撒开
整理所有的根系
一瞬间定型

一场风
像是吹来另外一个世界
人们洗净眯眼
呀，春天来了

只要

只要还能呼吸
只要还能在雨后的苹果树下活着

只要一阵一阵的风
吹散村庄的炊烟

只要在溪流冲刷的大地上
遍布青草

世上的佳肴、美酒和香吻
都会在秋天酿造

只要还能呼吸
只要在雨水的苹果树下
看见青涩的苹果

长城一侧的村庄

一截土墙
隔开树

从前的树苗长大了
树枝伸向土墙
伸向墙外

村庄的砖瓦房
整齐地排列在长城的一侧
像是烽火中的阵列
等待出征的号角

西风凛冽
林立的烟囱
炊烟四散

看不出低矮的土墙会是长城
孩子们窜上窜下
不时地呼喊和欢笑

太阳升起

太阳升起
林间空地上

或俯下身子
或跪下
或伸出双手

如果有人每天耐心地
服务于他的身体
谁也不会惊奇

如果他每天都坚守着他的灵魂
人们却视而不见

这些祈祷的人
并不在意四周
大多数人的眼神

啼鸣

∨

我们似乎已经忘却
那一声公鸡的啼鸣

从柴垛从到草垛
从一个院落传到另一个院落

传到街道
村外

它不会被任何
尘世劳碌的喧嚣覆盖

头戴骑士的红冠
器宇轩昂地踱步

今日这一天是远去了
但愿这样的日子长存

冻土地带

任何事物的封闭都是一时一地的
深入地下的草根始终板结
它们从什么时候开始
长眠于自己的蜗居
又在何时把黑暗
雕刻在自己的身上

夏天来了
一条溪流蛇一样出行
像在寻找自己的孩子

青草的家族比蛇稀有
看见那冒出嫩尖的草
似一道闪电

甚至比闪电更明亮
更强劲

天空

缠绕的忍冬纹、云纹
细看，是植物的青藤

飞舞的乐声、张望的笑
细听，是风
花瓣中的风，醇香的风

飘动的裙裾
似成熟的庄稼
果实就在眼前
想久了
会流下口水

偶尔的仰望
天空，就进入了
收获季

一个岔道

羊往西走
而骆驼奔向东面

那朵云
停在中间

那是一朵有雨的云吗
那是央金好几个晚上
都梦见的那朵云吗

此刻，站在岔道的央金
看着西面的羊
看着东边的骆驼

央金也像一朵云
裙子在飘
似一束花
似一团花

山坳

风聚在这里
水聚在这里

风水，在这里
搅拌着阳光

像是一个大缸
储存的五谷
开始发酵

后来会有什么情况

在这个山坳
人们过着
诗意和沉醉的生活

一粒种子

我爱村庄的道路
我爱村庄的树
我爱村庄的狗和麻雀

到处都是劳作的人们
春天渐渐淹没他们

我爱无边的夜晚
它们紧紧抱住
寂寞的村庄

我爱闪耀的星星
它们把一缕清浅的梦
灌注于我的身体

草丛间的虫鸣
向我袭来绵绵的忧伤

黎明

看见房屋
还是原来的样子
看见田野
有些草长高了
玉米还是跟昨天一样

柳树上
几只麻雀
叽叽喳喳地叫着
从远处又飞来了
乌鸦和燕子

邻居家的炊烟已经升起来了
这新的一天
大地上的事情一成不变

早晨

黑暗无影无踪
春天还是原来的肤色

可能走一千里
能走到它的牙齿
咬碎所有的冰雪

再走一千里
它的微笑
像花，开遍原野

早晨，我们从很长的梦境中穿过
好在没有掉队

白昼的阳光下
又活了一回

戈壁

起伏的戈壁
平坦的戈壁

灰褐色的戈壁
黑色的戈壁

细碎的石子
精致的玛瑙
纯白的玉

戈壁，你一望无际的样子
一瞬间就把人淹没

一瞬间
有些惊奇
另一个瞬间
则渐渐悲凉

当绿洲的身影
一点点浮出
人就像疲惫的泳者
抵达彼岸

芦苇

∨

芽孢裹在厚厚的茧中
这茧，已枯萎，已死亡
死亡的觉悟
在这春天探出头来

沙漠上，芦苇渐渐长大
所有的风向它致意
沙子仰望着它

在稀疏的绿色中
在散布的骆驼刺和红柳中

芦苇，像一格集团军
唤回了绕道而去的秋天

山泉

∨

一棵树，站在山口
它有绿色的衣衫
和金色的裙子

在夏天和秋天
人们远远看见它
就迫不及待地走近它
抚摸它的枝干和叶子

看它绿色的衣衫
又想看它金色的裙子

山泉啊
你缓缓地流
让时间积攒起来
这一半是夏天
那一半是秋天

白杨树下

V

整齐的白杨树
早已淹没了
栽树人笔直的身子

河谷里的白杨树
有多少溪水
就有多少
粗壮的枝干
紧挨在一起

哗啦啦作响的叶子
根的迷茫
传递给风

叶片一样绿油油的风
把春天带到天空
叶片一样金灿灿的风
把秋天捎回大地

几只鸟儿

——题嘉峪关魏晋墓砖壁画上的鸟

几只鸟儿
被人看了一眼
就再也没有飞走

几只鸟儿
好听的叫声
停在树枝上

几只鸟儿
疏于打扮
却把天真的一面
留在春天里

一片树叶都飞走了
一朵朵花都凋谢了

这些鸟
一直守着
让安静的日月
有一些叫声

像一阵风

V

能走多远就走多远
像一只鸟儿

带上苜蓿和向日葵

一片苜蓿
就是一只小马驹
而衣朵向日葵
就是蹦蹦跳跳的阿依古丽

在很远很远的地方
在只有苜蓿和向日葵的地方
四周是清凉的雪山
而雪山下面是草原和田野

在那儿
把阿依古丽和小马驹
养大

一望无际的田野

麦子黄了
男人晃动的脊背
在太阳下
与麦子的黄
连为一体

阳光在麦子上跑着
在男人的脊背跑着

一望无际的田野
一望无际的金黄

女人们倚着门框
看着一望无际的麦子
看着自己男人和所有男人的脊背

看着看着
那一颗颗麦子

那饱满的麦子
那金黄的麦子

酿成酒了

月色

像泉水，流下来
像丝线，一根根抽出

它能穿过人的身体
它能像皮肤一样
贴在人身上

从树梢
从墙角
从红红窗花

撒下来

比娶亲的撒下的纸花
还要轻盈
它们飘呀飘呀飘

飘到大地上
一切都安静了

山坡上的树

∨

只这一棵树
就打扫了堆积的荒芜

只这一棵树
一次次翻开春天的履历

只这一棵树
双手接住雪和雨水

在寒风中瑟瑟发抖
在烈日下形容枯槁

这一棵树
没有看见别的树

在山坡上
在荒芜的戈壁
自己把自己活成一棵树
多么安详
多么坚定

黄昏的鸟

∨

这些鸟儿匆匆飞走
飞过小河沟
飞向远处的沙枣林

沙枣林的四周是沙漠
沙漠上
沙枣林就像一只鸟儿

一群鸟儿
飞向沙枣林
天色就暗了下来

一群鸟儿
飞向沙枣林
一会儿就不见了

黄昏的霞彩
被它们带到了
灰褐色的沙枣林

柳笛

像一只鸟儿
藏在茂密的枝条中

像一只鸟儿
从茂密的枝条中飞出
也没飞多远

它飞一下就叫一声
像在呼喊它的同伴

它接连不断地叫着
也不见它的同伴

它伤心极了
忍着
不流眼泪

风尘

走在风中的人
扛着铁锨

跟着他走的人
有十几个
也都扛着铁锨

风卷起戈壁上的沙尘
打在他们的身上
打在他们的脸上

他们挥动手上的铁锨
挖出一条壕沟

更多的风尘
向他们涌来

后来
他们用铁锨
把它们埋葬了

看见芦苇

只是看见，只是眼神轻轻擦过
就是另一重天

抬头，环视左右
似乎真的不一样了

虽然，那浅浅的绿
远远的绿
一闪就过去了

要是古代的毛驴或者马
就有可能
看看，它们是一棵还是
一簇

驿路

在通畅的大道
走过去，是一个黑点
越来越小
最后消失

盼望着戈壁上
有一片尘土
卷起
靠近我
又远离我

那些古代的行人
看见他们
最初，他们是一片尘土
现在，连尘土
也没有了

井泉

在戈壁的干燥中
隐蔽着

偷偷地看着

走过它的人

多想在一滴水里沉湎
多想自己整个身体
就是一滴水
不被广阔粗粝的夏天
淹没

火焰山

下雪的日子
它也像火焰

怎么就烧不掉
那些猖獗的雪呢

只留下一堆一堆的灰烬
高过戈壁的
冬天

红辣椒

秋霜在树上跑着
在草上跑着
唯独绕过辣椒

红红的辣椒
像一簇夏天的鸟儿
寄宿在秋天的田野

似乎一出声
它们就会集体
飞起来

戈壁深处的烽火台

四周是戈壁
近处的铁道和高速公路
把它抛远

早已丧失了
警惕的眼神
早已在苏醒中沉睡
错过一个又一个早晨

那些在烽火台下仰望的人
那些在烽火台下撒尿的人
那些把烽火台不当的烽火台的人
是同一个人

骆驼

一开始它们一动不动
看一阵子
它们似乎动了

在稠密的骆驼刺中
骆驼一点点享用
自己的美食

来不及
顾忌其他

在疯狂的夏日
在荒芜的戈壁
阳光催促所有的行者
骆驼常常意外

祁连山上

祁连山是个埋根的地方
事先，埋了雪

一挖，会挖出草根
和泉水

祁连山是个埋阳光、月光的地方
偶尔踩碎一块石头
它们漏出盈盈的光
坑洼不平处
倒上酒
洒满月色

还有，一块石头
白若羊脂
在黑暗的地下
它不黑
反而白

祁连山，是个埋歌谣的地方
一群人走了
在自己的灶台
烧掉了那凄苦的寓言
后来寓言
都奇迹般地活了
每一个牧民都会哼唱
或者六畜不兴旺
或者嫁妇无颜色

关口

燕子飞来了
像一只轻盈的箭矢
黑而油亮

黄昏自己像一个新娘
硕大的盖头
披在城墙
披在戍楼上

一只只燕子
飞来飞去
守护着
美丽的新娘

直到夜晚把它们收走
一只只燕子
在黑暗中
成为关口的一部分

高处

一览无余的戈壁
灰褐色像铁一样

磨着刀子

如果没有一群白羊的添加
如果没有南部边缘
截断戈壁的绿色林带

那刀子
就磨得锋利了

在一阵狂风中
嗅到了
青草的味道

羊群的咩叫
也使坚硬的风
柔软了些

秋霜

生涩的葡萄
在一场秋霜中
熬出了头

又一场秋霜
直抵阳光的锋芒
这小小的晶粒

在整个白天
有了异样的颜色

在整个夜晚
又像一缕月光
天真和甜美

野马大泉

人淹在尘土里
渐渐像一阵尘土

荒野上的风
搅乱了沉静的砾石

有一匹马
从砾石中浮出
身上抖落细碎的石头
那石头在阳光的照射下
熠熠生辉
像一颗颗宝石

人们说，看
一眼泉水
多么像一匹马
在戈壁上奔跑

驱散了
滚烫的尘土

灿烂阳光下

有一串水灵灵的叫声
撕扯着耳朵

是停下来
还是继续走

有一串水灵灵的叫声
又在叫
她在哪儿

光秃秃的荒野
人心里有了
水灵灵的念想
那水灵灵的叫声
就越发像一滴滴水
滴在身上

长草沟

戈壁的荒芜中
冒出一束束绿头

隐匿的春天
突然冲出

羊早嗅到了
青草的味道
狼嗅到了羊和兔子的味道

所有的欲望
向这里集合

刚刚探头的绿色
似乎有所收敛

只听见咩咩的叫声
一阵惊喜
又一阵惶恐

东巴兔

最初，是一片草
跟兔子没关系

最初是一眼泉
跟草没关系

最初是一片戈壁
跟泉没关系

一眼泉在一个夜晚
恣情怒放
水流到哪里
草跟到哪里
兔子藏在哪里

东巴兔

压根儿跟兔子没关系
但一片荒草中
常常出没
成群的野兔子

罗布麻

小小的花
伸出盐碱滩

盐碱滩迎娶的新娘
不吹喇叭
不抬花轿

在自家门口
望风
望断风尘

花间穿梭的风
如同轻轻撩动
新娘的盖头

荒原上的麻
正织着锦毯

天涯如风

在风中嗅到故乡的滋味
是在一个正午

夏天的阳光
密集地扫射一块碎玻璃

这戈壁滩上
有了锐利的眼睛

果然，高岗之下
有一片湖泊

果然，湖面上
几只野鸭
窜入一丛芦苇
再也没有出来

天涯如风
陪我相见伊人

阵雨

一场雨，噼里啪啦

砸在碎石上

迅速升起的大雾
填补虚无的夜晚

野草，一边渴饮
一边摸索着伸展

闷热中的柴门
湿漉漉的
干柴吸饱了水

空洞的灶火
冷了一夜

黎明的公鸡
像落汤鸡
却精神抖擞地叫了几声

山坡上的桃花

爱你，爱那一片山坡
远处的雪山还远

能嗅到你的味道了
能看见你的脸了

有一绺腮红

我停下了脚步
我宁愿不靠近你

我宁愿自己是一阵风
刚刚吹过一阵风
摇落了几片花瓣

那不是我

我在不远处看着你
把你看成一件花衣服
把你看成一个人

钟声

厚厚的铜
在黄昏里越来越重

粗糙的木头
绑着红绸

飞过一只乌鸦
又飞过一只
那么多的麻雀呢

钟声响起来
掉入整个沟壑

沟壑里成群的麻雀飞起来

哦，它们在那里

垒高的石头

几只羊起身离开
越走越远

留下这些石头
薄而小的石片
在草地上到处都有

把它们一个个搜集起来
近处的搜集完了
再搜集远处的
更远处的
就特别费劲

可不知道是谁
做了这些事情

薄而小的石头
越垒越高
几只绵羊起身离开
就像那里还有很多绵羊
静静地安卧着

高高的山上

其他的山峦，一圈圈矮下去
只有山头
据守要津

风吹过那些山峦
再吹向山头
风中的灰尘都拍打干净了

那风，蓝蓝的
吹在身上
紧紧地扒住衣服
不愿离开

那风，吹在山头上
山头尖锐而高耸
看不出一点风的痕迹

稀疏的芦苇

整个戈壁上
就这几株芦苇

一眼望过去
就这几株芦苇

再一眼望过去
就这几株芦苇
迅速闪过

看见一绺泉水
恣意流泻

高速公路一边的风景
陡然新颖

格桑花

一片花
哪一朵是格桑花

泉水漫过草滩
月光下清凌凌的水

隔开了羊群

站在帐篷前
有一阵淡淡的香味
随风飘来

那一朵格桑花
泉水中摇曳着身材
像是在对着谁招手

你能不能让人看清楚
你就是格桑花

在三岔口

骑摩托车的人过来了
赶羊的人过来了
开小车的人过来了

他们站在三岔口
看了看前方的路

这是一条三岔口
三条道通向三个方向

他们站了一会儿

就急匆匆走了

只有放羊的小伙子
回头看了看
看见了
泉水边洗头的卓玛

三岔口是个多美的地方啊
我干吗要去更远的
地方

乌鸦

黑乌鸦，在天空划出一道黑线
有人看见它了
这黑线
就又划在了那人的心里

黑乌鸦，从一棵老树上飞起
它在寻找另一棵老树时
嘎嘎叫了几声
声音刺耳

听见这声音的人
这声音就像一根绳子
缠绕在人的身上

像是有隐隐的疼痛

杨树

杨树的叶子黄了
有一些黄了的叶子
掉在了地上

地上黄黄一片
阳光照射在上面
又被反射回来

整个树林一片金黄
黄昏的时候
夕阳飘落下来
像是掉下来很多的叶子
黄黄的叶子
又是厚厚的一层

田野上的长城

玉米地遮掩了
近处的戈壁
只有这段长城
能看见最远的动静

旁边的一块田里种了南瓜
有红的、黄的和绿的
它们像是埋伏的士兵
拨开草丛
射出秘密的箭矢

我突发奇想站上长城
激烈的风
迅速涌来
吹打我
看我是不是一个
合格的戍卒

沙山上的树

高高的沙山上有一棵树
它还是一束幼苗的时候
人们就不看好它

阳光会烤死它
风会吹死它
干旱会渴死它

一棵幼苗
说什么也难以撑起
沙漠的天

可它一天天长大
一年年伸展枝叶
当它是一棵大树
蓬松着浓浓的绿意

人们说
看，一棵树
沙山上的一棵树

只有你

只有你
坐在沙丘上吹笛子

你要是个牧羊人
吹笛子就只是个解闷

你要是个割草者
吹笛子就只是个消乏

可你是个庄稼人
你没事了就去
沙丘上吹笛子

麦子听不懂
包谷听不懂
蔬菜听不懂

这一天
笛子又吹起来了
几个村上的人说

哪来这么多云雀啊

从古堡的一角看一条河流

从不高的墙头上看
河流是一条绳子
拴住大地上的荒凉

走下来，站在河流的身边
河流有男人的肌肉
冲刷着两岸的石块

蹲下来，在河流的平缓处
洗手，河流又是一个文弱的女子
清凌凌的，一声不吭

从古堡的一角看一条河流
那河流就像一群
急匆匆赶路的人
脚步一直
停不下来

板结的土地

那一年的干旱
在戈壁上跑着

穿过沙枣林
摘掉所有绿油油的叶子

穿过田野
一把抓住
正待灌浆的青苗

那一年的干旱
在村庄里跑着
谁也逮不住它

土地张着大口喘息
像是一个将死之人

芦苇地

西塞砾石中的芦苇地
起初是一小片
起初稀稀疏疏

过了几个难捱的冬天
它像一个小伙子
越来越壮实了

它们成群结队

集合在荒芜的戈壁

如果今年的雨水还是很密
它们会不会占领整个戈壁

高粱

在棉花地的夹角
有一片高粱

每天都会引来
大批的麻雀

每天都会有含苞的子粒
被偷食

母亲尖声叫着
叫声中
那些麻雀飞起

就这样叫
麻雀飞起又飞回
母亲并不去真正伤害它

到了收割的时候
这一片高粱

丢失了不少

母亲说，地养人
也得养那些雀娃子

金色的山谷

要不是这些黑色的鸟
要不是正午的阳光

这一切，都会被误解

要不是真正走进去
相约格桑花的期待

这一切，又将改变

要不是早晨而入
黄昏而出

这一切，必然是光明的秋天
隐藏一切的果实
密闭所有的收获

金色的崖壁
时有黄金沉浮

河谷

百十丈的崖壁
站着几只鸟儿
它们刚从东边的树林里回来
有的还衔着树叶、草籽

它们把自己的唾液
滴在岩石上
混合着树叶

高崖上，挂满了
它们的巢穴

它们只是鸟儿

那河谷里凿岩的人呢
把春天、夏天、秋天和冬天
一点点抹在泥墙上的人呢
他们把晚上梦见的东西
把常常在梦中看见的东西
也抹在墙上

那个幽暗的洞窟
像一个微缩的世界

这个世界，这些人
它们会不会是从前的鸟呢

合抱之木

这些种子，这些枝条
这些房子，这些地

这些被人丢失了的
又重新拣回来

这些兔子，这些野鸡
这一匹狼
这些走近了的
又开始走远

这条河流，这些石头
想怎么流就怎么流
流过石头，把石头冲开
或者绕过去

树长高了
树长老了
风缠绕了一圈又一圈
它们只是静静地看着
风的争执

风中的戈壁

只有野蛮的风
能配上戈壁

只有一次次
磨砺石头的风
能穿越戈壁

只有像马一样
踩在哪儿
都能四蹄腾空的
风，才是戈壁的风

一阵又一阵的风
把戈壁吹得干干净净
那些排列整齐的碎石头
都有光滑的一面

即使晴朗的天气
拨弄它们
也会有暗藏的风
狠狠撕扯你的衣襟

黄昏

老榆树下，老人们
安静地坐着

似乎整个黄昏
都被他们猜透

老榆树上，几只麻雀
叽叽喳喳地叫着
似乎树梢上的霞光
也有它们的一份

这个黄昏
孩子们跑来跑去
互相追逐着
他们也像一群鸟儿
献出自己的快乐

蘑菇滩

是一片高高的台地
是耸立的土疙瘩

雨水悬在半空

等待着的草和树木
一点点枯萎
一点点成为风中的尘屑
一点点成为土疙瘩的
一部分

荒芜，板结着
那土疙瘩
向远处扩展

看着它，一直看着它
一辈子看着它
这里的人，把它看成了
蘑菇

这垂涎欲滴的植物
就这样
滋养了
人们的眼睛

坐在河流的对面

河流像一面镜子
在太阳下反光

看不见水的流动

也没有浪花或者波涛

这里是平静的河湾
身边沙滩上
稠密的梭梭林
互相碰撞着
摩擦着
有哗啦啦的声音

风穿过梭梭林
小多了
风滑下去
紧贴河面
就更小了

小小的风
宽阔的河流

这样的景色
怎么也看不够

在戈壁

小小的木板房
四周的戈壁围上来

沉重的寂寞
像拥挤的黑石头
在戈壁上蔓延着

那个老人
每天站在木板房前
强烈的阳光
让他睁不开眼睛

只要远处那个黑点越来越大
越来越清晰

老人就啊啊喊几声
整个戈壁
仿佛为之一动

新店台

后院里的柴火高过冬天
当一阵北风吹来
吹来雪花
这些柴火
就挡住了它们

新店台的冬天

有这么厚实的柴火
盖住房屋、盖住
储存的粮食
还有白菜、萝卜和土豆

小院里的热乎劲
就冲上了
房梁，大炕上
几个人欢笑
呼出了一层薄薄的哈气

从窗户上看进去
大红的窗花
正渲染着
早到的春天

绿洲扎撒（之四）

大墩门

四周的高地上
只有这一座墩台

它的下方
一条窄窄的便道
通往大片大片的绿野

人们叫它大墩门

没有门
只是一种俯视的姿势

没有门
只是一簇盯紧肉和粮食的箭矢

没有门

这四野的秘密谁来守卫

这长满粮食的院落啊
巨大的烽火台充当了
门扇和门栓

沙枣树下

蚂蚁悄悄爬到树顶
一片树叶飘落的时候
它也同时
摔在地上
它似乎很勇武
翻起身子就又开始
爬树干

沙枣树银色的叶子
托着金色的黄花
那微型的喇叭
一直吹着
到处都是它的香味
它还是吹着
把一棵沙枣树
吹向远方
吹向四方

而那只小蚂蚁
一步步爬上树顶
花儿几乎枯萎了

城垛上的一只羊

高高的城垛上
一只羊站着

黄昏时刻
其他的羊
吃草、饮水
只有它
站在城垛上

从前的士兵似乎也是那样
一动不动地盯着远方

也许，直到今天
他才转世为一只羊

远处的黄羊

戈壁上，一阵尘土
这尘土迅速划出一条线

后面的尘土消失了
前面是
越来越远的尘土

仔细看
那是一只黄羊

多么健康的一只黄羊
它要参加马拉松
肯定会得冠军

一段长城

被沙子淹没了一半
另一半，也很颓废

在它的渲染下
时光也开始板结

被风吹掉一半
剩下的一半
越来越酥软

这是一段长城
阻拦了冲杀的呐喊

泉水，缓缓地流着
一线青草
蜿蜒而去
像一条绳索
拴住了
一匹狂奔的马

这绿色，这沉沉的黄
渐渐疏远
世界的喧嚣

山坡下的河流

晶亮的一条线
绕过来，绕过去

阳光漂浮着
落不到实处

身后的高地
错落有致的树木和房屋
被它抛远

河流的尽处
似乎有更多的绿色
它们是田野、森林

还是草原

这河不紧不慢地流
它好像无意回答这个问题

公路边的烽火台

每次路过它
都觉得那是一只眼睛

它阅人无数
那些人
很多都不在了

它看见我
也许还是那副漫不经心的样子

无论怎样
也不会有一只暗箭
从瞭望口射出

无论怎样
也不会有流血的呐喊
一个个扑倒

它轻松多了

在风中抖掉尘土
猛然间年轻了许多

沙漠上的树

这一棵树，迷惑了很都人
他们看见树
就觉得沙漠已经完结

那棵树在强烈的日光下
叶片嫩绿
毫无枯萎的迹象

沙漠把它打磨得
如同一只翡翠

而埋在沙层下的塑料管道
日夜不停地输送着水分
任沙漠怎么也不能摧毁这
绿色的堡垒

是人的意志改变了
一棵树
轻信奇迹的人
获得了一剂精神良药

沙漠上的花

很好看的花
叫不上名字

在原野上也就罢了
在草地上也会被忽略

沙漠上，它就是公主
那一点点红
那纯纯的绿
激活了
僵死的沙漠

在沙漠上
走过去很远
我还是忍不住
再回头看看它

或许在一瞬间
沙漠就会熄灭
它的色彩

就像风中的灯
维系着飘忽不定的光亮

树窝井

只有一片芦苇
只有这安静的石屋
压着成群结队的风

播撒种子的人
挖开沙子
果然有一层
潮湿的土

赶骆驼的人
走到这来，会停下来
停下来把一驮子
盐和粮食
放进石屋

树窝井，这井
在树梢上
摇晃，那些树叶
亮晶晶的
像水

山南一带

有旱獭优雅如公主和爵士
翘望远方
然后钻入洞穴

要不是这个洞穴
它还真是一个公主范儿

要不是急匆匆的消失
它还真是公爵的胚子

一身油亮的皮毛
区别着草的杂色

两只爪子
像微型的挖掘机
一个夏天，草原就
塌陷了

山南一带
这些小动物
赶走了草原和无数的牛羊

在盘山路上

窄窄的简易公路
汽车哼哧哼哧地往上爬着

公路一环一环升高
山下的草原
渐渐罩在云雾之中

从车窗往下看
不由得惊怵

但斜眼又见
几只雪鸡
站在道路一侧
像列队的礼仪
内心里就突然安宁了

一个人

采摘之后的杏林
少了杏子的喧嚣

一个人走在树棵间
树叶遮蔽了

杏林之外的秋天
而红的黄的叶子
似有隐藏的杏子

一个人，就像一颗杏子
青涩的时候不管不顾
熟了，甜了
知道了这个世界的美
却走到了自己的尽头

在杏林
收获之后的寂寞
也是这样的舒适和优雅

草原上的村落

骑摩托车的人
和骑马的人
并行走在村庄

从泉上拉水回来
一辆毛驴车
停放在帐篷前

有废弃的土坯房
传出羊的咩咩叫声

三户人家骑马的人放羊
骑摩托车的人放骆驼
赶毛驴车的人养牛

泉水越来越少
骑摩托车的人想走了
想到山里去
骑马的人想再看看
今年夏天的雨水
而赶毛驴车的人
卖掉着十几头牛后
就准备到平原上
种庄稼了

辽阔的草原
显得荒芜和寂静

在敦煌

从沙枣树林中走出
戈壁越来越远

从田野走出
沙漠早已抛在身后

走进一条峡谷
所有的白杨树
立刻现身

高高低低的崖壁上
蜂巢一样的洞穴
也已酿造了千年的蜜糖

菜园子里的蔬菜
刚刚结果
烧坊却悄悄溢出
浓香

在敦煌
庞大的棉花地
盖了一层清霜
秋天的午后
无人相遇的时光
多么温暖
多么悠长

早晨

麻雀首先叫起来
这声音好似晨浴的光
破窗而入

风吹首先吹过来
树梢上的风
草地上的风
像是树来了
像是草来了

一个早晨
来了这么多朋友
又走了这么多朋友

等到明天早晨
它们还会不会再来

钟声

一只鸟儿
无数的鸟儿
黄昏的彩霞中
有一个点
是黑的，有一片
是黑的

它们是鸟儿

它们更像飞翔的钟
把铜质的声音
飞向四方

马营河

春风催草
融化的雪在河道里跑
像是撒欢的马

这荒芜的戈壁
只这一条河流
堵住了荒芜的缺口

只这一条河流
找回从前逝去的秋天

那夕阳，像一片苜蓿
蓝格盈盈，紫格盈盈
满含骏马的眼神

这河，像是拴着
无数匹马
像是马的集结地

芦草井子

多数戈壁，只有
极少数的春天
芦草井算一个

多数废弃的田野，只有
极少数拿到春天的雨水
继而，整个夏天
雨水不断

戈壁上，只有极少数草
终止于秋天
留下种子

为雨水充足的年份
储备微弱的绿色

芦草井子，一段夯土
扶起渐渐长高的芦苇
当芦苇翻过夯墙
像巡逻的哨兵
人们就说
看，那里有一片水

敦煌沙漠

沙子或许可以成为人类的朋友
它占领着永恒的时间

沙子或许是艺术的底板
它埋葬了多少阳光和风

沙子上的敦煌
一直雕琢着丢失已久的笑容

在春天，在桃花园
一瓣瓣飘零的胭脂
解释停滞于
半空的幸福

在夏天，在翻滚的麦田
饱满的籽粒
一颗颗见证前世的因缘

一场风，收获中的落叶
覆盖了整个秋天
冬天如此寒冷
结冰的沙漠
手执黄金
走在敦煌的路上

骆驼刺

尖利的刺
从细碎的绿叶中伸出
被刺穿的阳光
既是阴沉的天气
也在砂石上晃动

一只骆驼，又一只骆驼
踩起戈壁上的尘土
飞起而又落下的尘土
重新回到戈壁
那些淡绿的枝叶
又淡了一些

阳光直射
像持续堆积的火焰
火焰能够烧毁的
奇迹般地存活
只剩下这厚厚的一层灰烬

破灰而出的骆驼刺
像一只骆驼一样
挺着身子

大雨如注

瓢泼，一定是
朦朦的雨雾中
却看不见瓢

噼里啪啦的声音
到处都是
哪儿的声音都一样

哪儿的声音呢
哪儿哪儿都有

山顶上的雪依然闪现
山坡上的戈壁滩

猛然间换了底色

浑浊的土
蜂拥而来
埋掉夏季的酷热

近前，才看清楚
这是一堆不安分的水啊

无风的河谷

水流过春天之后
再也没有回来

河谷自己搬不动自己的石头
很小的石头
也停在原地

无风的河谷
刚刚长出芽孢的植物
一声不响地退缩了
长大的植物
茂密的枯枝败叶
有几片是今年的

春天走了之后

还会有春天
可一望无际的夏天
也突然没有了

碱泉

从盐碱地冲过来的水
刚一露头
就顶着一身的盐花子

众戈壁挤了过来
舌头上的一滴水
怎么也抵不住
盛夏的热浪

一眼泉，碱泉
自己流着流着
渐渐丢掉盐和碱
渐渐收集起一丛又一丛的草
像戈壁脖颈上的纱巾

那绿色的亮光
简直就是阳光的产儿

春天

阿尕喝了一口酥油茶
阿尕喝了一口酥油茶之后
身体就有点燥热
他脱掉了棉袍
把棉袍里的胳膊伸出来

阿尕有意识地走出寺院
风吹来
昨天风吹来
还像一把刀子
这一阵，这刀子
突然就没有了

阿尕望了望身边的树
它们光秃秃的
与昨天一样

低下头，却看见
一根亮晶晶的丝线
他拣了一下
没拣起来
又拣了一下
才发现

是一根草芽

多么微小的春天啊

桃林

桃树一棵挨一棵
从春天到夏天
桃花一朵挨着一朵
从桃子到桃子
香味渐渐溢出

看守桃林的老人
在桃树的间隙种菜
风吹来
树上的桃子掉下来
他就忙着摘桃子

沙地上铺上一层草
草上的桃子一个挨一个
像是熟睡的女孩

等桃林的桃子摘光了
老人就坐在一边
认真地看着
笑眯眯地看着

像是在看一件
失而复得的宝物

黄昏

流畅的云
扮着阳光的织锦

大地葱茏一片
一个安详的夏季

雨水过后
草澎湃而涌
比淅淅沥沥的水
更具耐力

锄草的人
一步一点头的动作
是在拜谒天地的恩惠

鸟儿叫几声
它的吃食
已是千亩万顷

等待

你在左岸
一身的高粱花

河流浮现的水汽
涂抹着你的身材
你像想象中的那样
又不是

你在高粱地
你和一地的高粱
积累着晨光和夕阳
你的红头巾
衬着红高粱
像是同一类事物

漂浮的沙丘

阳光漶漫，如潮如瀑
夏天在一片树叶上
一声声蝉鸣
追逐一滴露水

骆驼和驭手小心地拿捏

青草的位置
一眼泉很容易
从他们的眼皮子底下溜走

沙漠无边
沙丘下的骆驼蹄印
只有很少一部分
长成了骆驼草

懒惰的雨水
有一搭没一搭
从睡眠中醒来
已是秋天的早晨

秋天，秋天了
那金色的漂浮的蜃景
收获的是
连绵的沙丘啊

荒芜的崖壁

白杨树一次次伸展叶脉
仍然和高耸的崖壁
相隔很远的距离
粗大的树干
一百年的时间只用于

增加年轮

野鸽子飞走了
又飞回来
崖壁上有她的家和孩子

青草在崖壁的另一端
泉水也在向着低洼的沙层中流泻

每一个关键的节点上
春天都跨不过这个坎

荒芜的崖壁
或者只剩下惨淡的油彩
一眼眼洞窟
被挖掉眼核
只有空洞的眼眶

七月的雪

路过鄂博
路过七月的雪

时光的停顿和迟疑
使一朵石莲羞涩吐蕊
紫色的花瓣

同时承受雪的浸染
被雪粒打伤

一场风
更为虚弱的呼吸
在高海波的山坡
爬行

路过雪
七月仿佛还在前面
油菜花海
刚一招手
达坂上的夏天
就跌倒了

绿洲扎撒（之六）

∨

秋风

苞米健硕
糜子淹过麦茬地

由黄变绿的过程
像是一阵风

微冷而强劲
把植物柔弱的部分
悄悄剔除

是的，静悄悄的
一切都在缓慢中成型
来不得半点的急躁

等那一阵紧似一阵的风吹来
秋天早已枯黄

积雪堆满田野
像丰盛的晚餐

辣椒

在绿叶中张望的辣椒
有自己的红肚兜

秋天一次次漫过
青葱的辣椒
辣椒的辣
也一次次升格为
暗藏的尖叫

看见这大片的辣椒地
真像是一盆火锅
熬煮着
火辣辣的阳光

这滋味，融入收割之后的
空旷
关上秋天的门
细细品尝

黑帐篷

高高的山上
一顶黑帐篷

黑黑的黑帐篷
像烧了几十年的锅底
站在草原的高处
送来雪水和雨水
送来青草

黑黑的黑帐篷
草原的瞳仁

它会不会像一头牦牛
吼几声
从山顶上跑下来

一绺炊烟

斜斜的山坡上
挂着雪

风吹走了一些
又丢掉一些

炊烟
和风搅在一起
直直地飘上山顶
又拐了个弯

那山坳里
必有一户人家
享受自己独有的
温暖

在田野

田野是人类的朋友
那些草木，草木上的果实
足够人们想象最美的世界

田野上最多的流水
流到哪儿都不嫌多
夏天的阳光漂在水上
不一会儿
就缀满枝头
红的、绿的、黄的，其他颜色的
晶莹如露珠
却根本不是露珠
有其他的味道

为生命赋予了
情趣、思想、意义
一座村庄的炊烟
从此如诗如画

在田野，收获者
团团围住一个季节的核心
不让它有丝毫的敌意
反而甜蜜如故

其实，人类是田野的孩子
顽皮的孩子
或许母亲并不介意他的淘气

芨芨草

田埂上的芨芨草，紧紧抱住
田埂，紧紧簇拥着
酷热的夏天

它越长越高，去年就很高
就像田埂也一起长高了

一丛丛芨芨草，连成一片
芨芨草围住的庄稼
一直看不见

芨芨草之外的村庄

它们觉得自己悄悄隐藏起来
没有人知道它们的欢乐
自由就是这样一群失控的庄稼
长得比预料的要好
只是比田埂低了些
比芨芨草低了些

杏林

过了采摘的季节
地下的杏核已经腐朽

林子大了
没有一只鸟
只有树叶间的寂静

棕色的树干
绿的叶子
这两种颜色交叉中
并不枯燥和乏味

地上的杂草
等候着羊和兔子
或许它们根本不知道

它们这一生
从来都没有自生自灭

人打量自己
这林子就是一面镜子
就是一杆秤

人可以享用的寂静
或许只在这里了

桃子

桃子在铁丝网中微笑
酷似一个人的脸

走进铁丝网是困难的
一颗桃子的出走
同样困难

它们的脸庞
有一抹腮红
秋天的霜
轻轻擦着它们细细的绒毛
一颗桃子的绒毛
曾经那么让人厌恶

铁丝网无法阻挡秋风
有丝丝缕缕的清香
传过来
那是一颗桃子
众多的桃子
或者整整一园子的桃树
全部逃了

冷的湖

戈壁上的寒冷在集结
细细掂量
比一块石头更坚硬

羊群走了
骆驼走了
走在夏天的末尾

冬牧场一直煨着牛粪
那块冰从融化到沸腾
没用多长时间

只是阿帕在敲冰的湖沿上
栽了一个跟头
只是有两只羊

掉进冰湖

人们一直说着
风拍打着帐篷
互相听不清楚在说什么

面对那一片湖的时候
大家都沉默了
就像刚刚开始的
漫长的冬天

四处的芦苇

秋天锃亮的部分
全部依附于
致密的芦花

从四面看过去
都是芦花
在它的外围
则是沙漠

这成群结队的芦苇
小心翼翼地站在沙地里

狂风来临

它们紧抱一团

沙子把它们打磨得
如此锃亮
就像沾染了很多
夏季的阳光

戈壁上的向日葵

一点点擦亮戈壁的脸
一点点把砾石
锉得棱角分明

向日葵的光
从四面散开
金黄的，金子般的光
把戈壁的荒芜逼退

一簇簇花瓣
为白日梦铸造宫殿
横成列竖成行
嫩的籽粒渐渐饱满
铅华褪尽
像一座衰败的皇室

这向日葵

割掉头后站立的阵势
完全不是失败者的身影

风沙口

一棵草挡一点
一丛草挡更多一点

草长高了
一丛草像一堵墙
沙子就会像一条狗一样
爬在它的脚下

这是一个老爷爷说的
他住在一座沙梁下
他种的草，围住了
房子周围的沙子
他种的树
撑起了沙漠里的天

风沙口，老人坐在沙丘上
看自己的羊
那羊，融在一片绿色里
渐渐被绿色所淹没

一个上午

阳光一片一片砸下来
堆积在棉花地

一个上午
母亲头顶着阳光
一方红头巾
洇湿了很多

一个上午
棉花地白花花的棉花
渐渐收拢于
柳条筐、化肥袋
就像阳光，熄灭了它的光

柳条筐提在母亲手里
化肥袋抗在肩上
呼吸明显地急促起来

阳光砸下来
一片一片砸下来
轻些，再轻些
躲开母亲走过的
那一垄棉花

沙子 峡谷

一层沙子
有水的波纹
吸引了一簇簇草

一场风
全部跌入峡谷
尖利的呼叫
一瞬间升起

沙子，被吹起又落下
裹满了
水的涛声

春天了
一棵绿了
所有的草就都绿了
这一层沙子
踩过了无数的草

潮湿的风
从深深的峡谷
爬上来
抚摸了那些

快要干枯的草

苜蓿

是谁在绣那一张织毯
底色用了嫩嫩的绿
而绿又是简单的陪衬

是谁，把新颖的紫色
涂抹在戈壁
恣意地涂抹
像个败家子

是苜蓿，是秋天的苜蓿
一次次刷新
戈壁上的荒芜

这绿洲上的丝巾
这戈壁上的画笔
唯独没给自己
留一匹陪伴的马
多少显得寡情了些

绿洲扎撒（之七）>

织锦

从下而上
雪清洗过的草根
探出了头

那些眼神
在编织太阳的丝线
渐渐
长大成人

它们中间
很多
出落成
漂亮的女儿
在风中
舒展裙裾

它们中间
俯身泥土的枝叶
也悄悄支撑着
一顶帐篷下的睡眠

醒来后
一片油菜花田
挂在前川

剪羊毛

一剪子，又一剪子
剪掉惊慌的扑腾
剪掉歇斯底里的叫

一剪子，又一剪子
一片雪，又一片雪
堆积它的温暖

一头羊
身上都背着一座雪山
从冬天到春天

夏天，阳光横在
一道道草坡

小羊羔走过
每一面草坡
都会长大

剪羊毛的时节
把它们配享了
成年的礼仪

青草上的雪

在上八井，在大口子，在火石梁
在七月，在一场连续下了三天的大雨中
雪来了

这些需仰望才能看见的地名
在草坡下积攒雨水
在草坡上堆积
冰雹和雪

羊圈里的羊
叫了几声
再也没有叫
马俑蹄子刨地
只刨出一个小坑

这样的日子

只有一天
这一天似乎还在倒退着
从草丛中撤出

青草上的雪
怎么看
都像是平铺的水晶

戈壁上的草

通透如精灵
在戈壁上
它把生命推向了极致

在等待中长大
在一场雨中舞蹈
它的身材
越来越标致了

看见它
我俯下身子
盘点我的旅程
它似乎是最亮丽的一段

我把它的倩影
揣在怀里

戈壁上的路
顿时轻松了许多

一线清泉

不管从哪里来
流到这儿就好

不管向哪儿去
停在这儿就好

一线清泉
带着众多的青草
像一个迁徙者
找到了家

草拿走一些
戈壁掠走一些
那些鸟儿
兔子、野鸡、盘羊享用一些
积攒下来的水
才是真正的家底

油菜花

夏天，从油菜花开始

这一点一滴积累
终于破茧

牧人追着这些
飞在山坡上的花
落在油菜上的花

拍一拍单薄的丝袍
一大片花粉
像雾霭
笼罩住小小花盘上的蜜蜂

一路走来
夏天这只鞭子
赶着无边的油菜花
走上高原

垭口

一眼望见雪
又一眼望见
松林、草和牛羊
走过去
油菜花绊脚

这一个垭口

如果有一位牧羊姑娘
高原就会再次上升

鄂博上的旗幡
就会邀请来更多的雨和雪
填充陡峭的行色

垭口的一侧
那牧羊姑娘
那旗幡
隐蔽在密密的油菜花丛

嘉峪关以南

水口被一块石头压住
它灵活的身躯一直向南

唯有泉水执拗
为自己的诺言
扶持春天的青草

这青草跨过一道沟坎
逝去的时光落满一地
这青草匍匐于墙角
为命悬一线的蚂蚁搭桥
它竟然爬上了

一座低矮的城墙

嘉峪关以南
云彩跌入深谷
那些水
低处潜行
与高高的城楼
望其项背

当我们被抬头望见的雪告知
一切都一目了然

大树里

戈壁上，这一棵树
长了十年，又长了十年
还要长十年，二十年

这一棵树，领着其他的树
一直长着

戈壁从四面包围它
即是在弹尽粮绝的时候
它也没有缴械

风抽打它

沙子淹没它

它一次次浮现在蜃景之中
准时接过春天的衣裳

这是一棵树
生活在这里的人
都叫它大树里

大树里
枝枝杈杈的分蘖
也像一群人和他们的子孙

大庄子

那么多的草
那么多的树
那么多的水

修下的庄子
小了
小了，也叫大庄子

牛多了
羊多了
粮食多了

庄子就叫大庄子

厚厚的黄土
油漆的门板
粉白的墙檐
似乎是隐居者的小院

墙头上的望楼
视野能够收拢
所有的麦田

大庄子，在田野的一隅
像个大户人家的千金小姐

在春天

在春天，梨花在内心爆开
身体里的寒冷
被这阳光的翅膀运走

在树梢上
喜鹊一声声唤来
叶子、花蕊和连续不断的芳菲

劳动的人
手握种子

与晶莹的露水
共同挥洒五彩的晨曦
一行行新鲜的脚印
渐渐发芽

几头驴，几匹马，几只羊
走向大草滩
鲜嫩的草芽
是它们此刻的钟爱
它们惊喜的目光
正好融入那消解的雪水
绿色的大草滩
把春天传播四方

在花海

石头在聚集。花在哪儿
风中的石头，棱角在磨损，越来越像
花的面容，越来越鲜亮，也越来越荒凉

沙子在集聚。花在哪儿
松软的更加松软，有一些野兽的脚印
也可能是羊、牛、马的蹄印
已不甚清楚
仔细辨认，那些蹄印，也如花瓣
刚刚盛开的花瓣

刚刚枯萎的花瓣

泉水在集聚。花的种子在萌发
清清的水，流到哪儿，哪儿就像铺了一层
绿毯子，微弱显露的花蕾
似乎在积蓄力量

所谓花海，之前
它可能是一大片泉水

花海，趟过戈壁，趟过沙漠
在泉水四周扎营
伺机冲锋
待到夏天，花的面目
拭目以待

草湖

冰凌在断裂。似乎是呐喊的声音
麻木的草根，黑而油亮
阳光直射，返回的光
落入枯萎的草丛

春天的开始，蹒跚的脚步
崴了一下，红肿的脚跟
得用残留的春雪涂抹

消解积於的肌瘤

地下的暗河，在星光下流淌
簇拥的草能够听到
只是，沙漠的荒凉
突然间铺就了这
粼粼的波光

草湖，又一次在戈壁上树立了
芦苇的旗帜

榆钱

从翠绿到金黄，挂满了榆树的身子
把大地的荒凉
一点点收回

金黄的颜色越来越淡
树下的小麦
也长高了
那金黄，又在缓慢传递

从金黄到金黄
融合了阳光，月色，以及整个村庄均匀的呼吸
和香甜的睡眠
悄悄灌浆，悄悄饱满

悄悄散发淡淡的清香

品尝者轻轻打着饱嗝儿
想一下子就包揽这春天的乡野
视野突然停在这一棵榆树
这一树榆钱

好似前世的亲缘

一只鸡

清晨，让它这么一抖擞
越发鲜亮

太阳一跃而出
已齐身于它的峨冠
它禁不住一鸣
晨光四溅

天天鸣
也惊人

柴垛上，后院的围墙
它的留影
早已被霞光剪裁

绿洲扎撒（之八）〉

门前的杏花

黄昏时分，门前的小凳子
静静地坐着几朵杏花
吃过晚饭的老人
把它们拣起来，攥在手心里
在杏花占领的位置
老人如一棵树
一动不动

春天的杏花，粉白如雾
粉是淡淡的，而白却浓郁
风吹落它们中间的一部分
另一部分落满了灰尘

老人手中的杏花
渐渐潮湿

是杏花，还是这春天
还是老人的回忆
出了汗

老树

老树齐腰，腰，是一座村庄的腰
老树枝繁
也像一座村庄
老爷爷下面，是儿子、孙子
一次次成亲。一次次盖房
家院一溜排开
枝枝杈杈
盖住发酵的阳光

没有老树的村庄
没有根系，似乎一阵风就能吹走
就像一群年轻人
走出村庄就再也没有回来

他们的巢穴，安在了城市的枝杈上
有风，有雨，有雪

而村庄，寂寞无声
几个老人，坐在老树下

像并排的几棵老树
人们说，这是多么古老的村庄啊

桃花

透过桃花
粉红色的光晕
堆积于沙山的前庭

人在桃园
披一身耀眼的桃花
寒冬的经历一层层剥茧

偶尔有蜜蜂嗡嗡的声音
偌大的桃园，找不到它们小小的身影
就像心里装着一个念想
老不确定她到底是谁

树丛间，掐苜蓿的女孩
莞尔一笑
多美的一束桃花

密如蜂巢

敞开的门

像逃走的风
金属在阳光下的闪烁
怎么也不能还原
石壁的沉静

一只鸽子，几只鸽子，一群鸽子
飞过来，又飞过去
或许鸽子的巢穴比那些门窗温暖
积攒了相互的问候和爱
让峡谷的天空并不属于白杨树独有
鸽子飞行的弧线是洁白的，黝黑的

关起门来，躲避风沙
风沙驱赶着的光阴
都躲进深深的洞窟
一脸微笑，一席灿烂的丝裙
石头中隐藏的美，一旦打开
必是火焰般的喷溅

是它，就是它
美丽的光焰
滋养了我们的眼睛

夜行者

渠道里的水，水声漫上渠岸

越高所有的人，即是在街道的繁华处
市声也不能压倒它

是水，在夜色中弥漫
是水，被夜色收揽

夜行者，沿着干渠
沿着庞大的水
沿着乡野的干旱
往前走，星辰寂寥

夜行者，在白杨树、榆树、杏树的簇拥下
走在干渠的一侧
似乎，水走多远
他就能走多远

这一个春天啊
漫步者，在水的节拍里
踩准了春天
独行的步伐

在戈壁

戈壁的坡度，拽紧一座山
山上的雪，积压了一层又一层的阳光
冬季一直端坐山顶

像一个顽皮的孩子，蹦着，跳着
变幻着风云

到了夏天，炎热冲击着
山顶上的雪
细碎的石头，也一个个睁大眼睛
想在那深厚的雪中
抖擞身上的肝火

要是从夏天回到冬天
而麦子成熟后再一次灌浆
庞大的戈壁
也会俯身
像吃奶的孩子

早晨

耕牛的早晨，丢失了
雄鸡的早晨，尖利的叫声、也不能冲破
烟雾的笼罩

敦煌的早晨，大田里的塑料薄膜
在晨光中显得刺眼
零星的绿色，点缀于田埂、树梢
出头的冰草，簇拥在阳光的聚集带

早早赶羊去西边的草滩
早早起来看看前门后院
醒来的老人
把村庄一次次叫醒

河床

只有浮动的石头
一河的石头
守着郁结的荒芜

也有打呼噜的声音
在石头间冲撞着
像找不到床的睡眠

河床，一次次喊叫着
雪山上的雪
和高坡上的泉

一次次喊叫着
天上的雨水

这满河床的石头
没有一个哑巴
嗓子眼里
全是水的计谋

隔河相望

戈壁上的河
雾岚弥漫
在阳光中，它们渐次变幻着色彩
由灰而蓝，由蓝而绿，由绿而黄
季节的列车，载着它们

隔河相望，一座烽火台
在平稳如镜的河面上照见自己
细碎的尘土，像一件衣服
披在身上
一座烽火台的苍老
迅速扩展

河流引导了春天的流向
把戈壁的洪荒
划开一个口子

碱泉子

突然间涌出的水
突然间鲜活的水
突然间唤来云雀的惊讶

在这荒原，是碱泉子
把一块尘封的翡翠
打磨得晶亮
绿的部分更绿，似乎是春天
跳动的心脏

走向碱泉子
那清凌凌的水
把疲惫的人
一瞬间变成了鱼儿

雪山之下

广大的照耀，一切都明了其中
清凉如锥，冰冻如刺
倾泻而下，留下的是光与热

田野，树木，村庄，城市，渐次呈现
雪山的光彩

从看见到看见，从触摸到触摸
一座雪山高入云端而又
深沉如海，在戈壁，在沙漠
在黑暗的底层，它们热爱大地和植物
把春天还给春天

把秋天的收获聚集、堆砌
还原成一座山的模样
光彩熠熠，如梦如画

在酒泉

在深草中，在一只兔子的惊慌中
在一望无际的等待中，在愁苦和喜悦中
一眼泉，有了滋味

在戈壁，在沙漠，在一个人兜不住的荒凉中
走不完的道路上
飘起来的尘土又落下来
走着走着，像遇见了亲戚

在春天的田园，在桃花坞
在芬芳的空气中
冲出地面的水
映照了所有的景色
这景色长留不去，这景色渐渐发酵
香醇如酒

黑松林

一点点黑，一部分黑，一片黑
在高处晃动

像是地处的泉水
推涌着它

黑松林，不时传来狼和鹰隼的鸣叫
像一阵松涛扑面而来
让你躲避

走啊，走啊，在山谷
突然遇见草莓
和野蘑菇
突然遇见帐篷
牛粪火中升起一绺炊烟
慢慢弥散手抓肉和马奶酒的味道

这也是松林的馈赠啊

河沿

带着阳光的水，在夜晚
蜷曲于一株苦苦菜下
那响亮的黄色
在月光下闪耀

河沿，水的咆哮
在不断滚落的泥皮中
溅起浪花

河沿，一只云雀
啜饮了一片草叶上的露水
水里的一根木头上
又站立着一群麻雀

它们叽叽喳喳地叫着
就像月光拍打在水面上

嘉峪关下

夕阳如铸。几只燕子
轻轻一啄
就撕开了
一个口子

城墙，马道，楼台，依次展开
展开了一座关口的面目

而在这霞光如绸的时刻
那坚硬的砖石
那颓废的烽燧
将那凝固的烽烟
一一击碎
戈壁的风尘，因而悠远

嘉峪关下，留在黄昏中的人
翘首观望，他们完全不是那个
刚刚入关的人，他们完全不是那个
怀揣相思的人

绿洲扎撒（之九）∨

柳泉

如伞盖般扩张
在看不见的地下
根系也在等待，也在争夺
雨水和阳光

有风吹来，有几片枯萎的叶子
坐在风头，摇若危卵
早已冻结了
回首往事的心情

柳泉，苦涩的滋味
在旅行者的行囊
一点点打开
旅途的风尘，只剩下了
潮湿的脚印

走过了，看见了
又回头再看
一看再看的风景
还是柳泉啊

繁星

天空敞开。坐在亭子里的人
喝酒的人
脸上，漾着星星和月亮的光

只那一杯酒
只那一瞥
那人酣醉了

他用手指了指
浩瀚的天空
大声说，你看那亮晶晶的灯笼

他更加酣醉了

那一夜

夜行者，一身灰尘
来不及拍掉

夜行者，走着，走着
看见了一盏灯

谁推开了一扇窗户
谁眼巴巴地看着
夜行者的步履

灯灭了
回家的路啊
越来越长

灯亮了
回家的路
越来越近

拉骆驼

一练子一练子过去了
又来了一练子

前半夜狗叫了
叫了一阵，又叫了一阵

后半夜，鸡醒了
拍打着翅膀

墨汁般的黑夜
止住了打鸣

一练子一练子过去了
拉骆驼的人
哪一个是我的男人

蜃景

水在流，一步之遥的水
伸手可触的水，夏日上午的水
一直在流

在戈壁，在荒芜的中心
水，漶漫

要是有这么多的水
要是这些都是水
戈壁啊
你明天，或者再过几天
你就会长出
无数的牛羊和马匹了

水在流
牛羊全无
马匹全无

绿的峡谷

剧烈的冲击会在哪一瞬间开裂
大地之间的板块，分分合合
分开的这一刻
却迅速踩住了刹车

阳光填补进去
风填补进去
砂石填补进去
那不舍昼夜的水
在峡谷的衣兜里
愈发瘦小

光滑的峡壁
渐渐伸展的植物
一年年拔节，一年年占有
空置的峡谷

从上而下，从下而上
一百米的高度
这些草，耗费了
多少年的攀援啊

夏天的戈壁

阳光和风抱团，滚在一起
沿路收集着荒芜

那微弱的雨水
走到半空中，就停了下来
羊够不着，马也够不着

一根草，一棵树
呼吸急促
一片麦子，灌浆，饱满
似乎是一瞬间的事

戈壁上的夏天
为一条溪流止步
广袤的田野
向日葵扬起了花盘

白杨树

这一座山和那一座山，小小的罅隙
阳光储存着，水也是

这小小的罅隙，草踮着脚

想最先拥抱蔚蓝的天空
可树木天生的优势
遮蔽了雨水和风

只有这一棵白杨树
紧贴着崖壁
俊俏的身材
只占有几片宽大的树叶
溪流在它一米远的地方
把满坡的向日葵
推向秋天的观礼台
白杨树的根系努力地伸展着
它储存的雪水
足够让它爬上
又一个断崖

狼山

撕咬的风
撞在岩壁上

似有一千匹狼
冲向饥饿的深渊

山岩早已被蚕食
有多么尖利的牙齿

会留下如此深刻的印痕

水，还没有够着身边最近的植物
就夭折了
像一朵枯萎的花

那些饮水的阳光
只能悄悄舔舐
崖壁上的雪

巨大的山体上
荒芜危若垒卵
没有哪一匹狼
可以用嚎叫
赢得一份免费的午餐

敖伦布拉格

把绿洲丢掉
把戈壁丢掉
把一路上紧随其后的沙漠丢掉

这时候，敖伦布拉格来了
一座小小的寺庙
把峡谷四周的寂静
集合起来

老喇嘛的念经声
一盏微弱的油灯
闪烁不定

更远的地方
马在收拢羊群
遍地的梭梭柴
在收集雨水

敖伦不拉格
独自端坐峡谷
头顶一线天空
早晨和夜晚的时候
似乎太阳和月亮
都在它的怀中

骆驼

在敖伦布拉格，骆驼
牵着沙丘和风

漂移的种子
没有遇见水
在骆驼的蹄掌中
嵌入潮湿的泥土

在绿色和绿色之间
骆驼运送着
春天的树苗
在沙漠和沙漠之间
骆驼踩稳风口的疼痛处
让冬牧场和夏牧场交替穿梭

在敖伦布拉格，骆驼
撵走漫漫的荒芜
一座座帐篷
溢出舞蹈、音乐和奶茶

走过荒野人们看见
驼背上的敖伦布拉格
长青如树

在居延

水流着流着，就不是水了
像是一种期盼
母亲的瞭望，儿女的归来
一家人团聚时的拥抱
一时泣不成声
水流着流着，连自己也满含热泪
每一滴，都渗入最迫切的根管

戈壁无垠，干旱张大了嘴巴
所有的草木，都喊着那个湿漉漉的名字
那棵小小的草，嗓门也已嘶哑

这一条河流，依然在戈壁沙漠突进
向那些坚强的草木一一致敬
在荒芜的深处，划开春天的根据地
一路上，攻城略池
在居延，与飘逸的蜃景对垒

一丛芦苇，又一丛芦苇
它们是哨兵
当干旱像狼一样，蚕食
牧场和牛羊
它坚定地出发了

这一片水，这一条河的宿营地
就这样，把水积蓄在人们的血管里
一腔子血，能够焐热冬天的冰雪
祖宗的墓碑
写满土地的箴言

这水，遗留下来更多的村庄、庙宇
一年年的收获
一年年叫醒，大地的睡眠

源泉

众多的泉水汇集一处，似有大水滔滔之势
似有春天的巨辇，一扫荒芜

那些牛，已经开垦了田地
那些羊，细数青草的植株

阳光，像洪水冲击着
夏天的堤坝
只有这些泉水
从四面八方
堵住干旱的缺口

人们叫它源泉
人们舀起以勺清凉的水
大口大口畅饮
癫狂的神态
像一个个醉汉

在麦子的中心
在苞谷占领的大地上
村庄掩面而泣
流下的
是喜悦的泪

向西

树木越来越稀疏，草则时有时无
像一个行人
拖着疲惫的身子

月光滴落在石头上
清亮如水
会有哪儿的水
与月色交融
挥发春天的雾霭

绿色，这细小的河流
似一灌颜料
无数灌颜料
洇染了平铺直叙的大地

向西，再向西
阳光的分蘖
如此迅捷
绿衣的装束
分发给了所有的村庄

铁丝网

铁丝网分割的戈壁，另一边
是异国他乡，而羊是一样的
牛也是一样的
在水草上奔波

老嘎斯车，一路碾起沙尘
突然间停下来之后
车上的干草
全部卸了下来

那个从牛皮袋子里取出牛肉的人
那个喝了一口酒
看了看天边厚厚的积雨云
在干草上盖好了帆布

铁丝网，分割了真实的风景
近在咫尺的人和物
在一场大雨中
渐渐模糊了

绿洲扎撒（之十）∨

夜光杯

一直被更多的石头积压
一直被雪淹没
丝丝缕缕的星光
不经意中，一点点渗入

那些采掘者
从这暴露的星光中
抱出其中的一块

棉袄磨破了
手上留下了几道血口子

小心翼翼地将那一层包皮剥开
那星光，一下子照亮了
一张疲惫的脸

那星光，渐渐聚拢
渐渐捧在那人的手上
激动的神情
沉醉其中
微漾的液体
醇香四溢

昌马

水淹没了故乡，一个跟头栽倒的土墙
误伤了长高的蒿草

半山腰上，石门敞开
风上去了
鸟儿飞来了
修行者丢下了上山的栈道

好在，山口子上
一群马，走进了荒草
走远了的人
听见了此起彼伏的嘶鸣

山水退却，高高支撑的房梁
透露天光
返乡的人，背回一捆芨芨草

苫住漏洞百出的房顶
柴米油盐的生活
又有丝丝缕缕的芬芳

昌马，马对人的启示
从那高扬的眼神中
就能够瞅见

甜水井一带

这戈壁上，只有这几棵芦苇
从前的行者
刨开芦苇的根系
竟然见到了水

一点点渗出的水
混合了行者的眼泪
那苦涩的滋味
原本是心里聚集的啊

抬头，看看四周荒芜的沙丘
夏天的热
一次次冲过来
揪住人的头发、皮肤
批斗人的怯懦、自私与恐惧
唯有这一口水

让人重新回到了
清醒的世界

人脱口而出，这是甜水，这是甜水井
走到哪儿
这水的滋味
都能品出

城墙上的红柳

一次次攀援，总算有了登高瞭望的资历
风，猛烈地拍打
雪野也挂在梢头
城墙上的生态，如此激烈

春天，一根根新的枝条抽出
细长的叶子
析出盐的碎末

夏天，红色的，紫色的花
在城墙上摇曳
像是无数的樱枪
面对冲锋的敌人

此刻，城台之下
一群群游人踯躅而上

他们欢呼着
看，那些花
怎么会在城墙上生长

是的，城墙上的红柳
不堪风沙的讨扰
提升了自己的位置

在贺兰山

一只盘羊，把我引向蒿草深处
惊飞的野鸡
带走了广阔的宁静

踏破这铁一般的贺兰山
需要多少铁匠和铁鞋
但一条峡谷
似乎刚刚分开

我看见了
高高的崖壁上
他们陡峭地生活着

白天的围猎，夜晚的篝火
从来没有停止

一座山为他们让道
一座山，也渐渐成为
他们的粮食

像一块巨大的饼子
从中间撕开

在敦煌沙漠上

一匹骆驼，一只羊，一个人
殊途同归，在一眼泉下
相会，在一眼泉下
羊叫着，骆驼喷着唾液
像一串串晶莹的气球，微小的
瞬间崩裂的，气球

人，扑倒于地
眼泪，鼻涕和手里捧着的泉水
混在一起，那表情
似乎是笑，又似乎是哭

在敦煌沙漠上
滚烫的阳光，一遍遍重复着
夏天的正午
一棵树，一片草，绿洲上的庄稼

都在泉水中长大

找到一眼泉
就找到了夏天
堆放果实的仓库

在敦煌沙漠上
所有的泉水
都必须用真情和生命去
兑付

山坳

一场大雪，直扑山坳
就再也没有了回转身子的机会

夏天一次次冲击
它挡在山的门口

只有那一颗颗树
那葱茏的叶片
才将残留的雪
一滴滴灌注于草根

山坳，一绺炊烟
和另一绺炊烟

相互交织
像一团墨
渐渐洇开

桃花，杏花，梨花，山坳里的
三姐妹
第一次出门
就涂了这
腮红和粉白

一片白茨

母亲站在田头
她越来越看不明白
怎么大片的麦田
全部长满了白茨

母亲叹息着
不停地摇头

可孩子们，这是黑枸杞
能挣大钱的

从前，村庄到处都是白茨
人们挖掉白茨
那白茨又顽强地长出来

一年一年，总算
把这白茨除掉了

白茨上的黑果果
也只有孩子们吃上几颗
嘴上、脸上染上一抹黑
还得挨家长的揍

可现在，那黑果果
果真就是金果果么
田野上一大片一大片都是白茨

母亲说，那白茨会像成群的蚂蚁
把村庄吃了

荒野上

荒野一直在小车的后视镜里退却
又在小车的前窗疾速飞来

这时候，我看见了一片绿洲
向日葵努力地支撑着花盘
几棵沙枣树，银绿色的叶子
在风中拍动着
只听见风的声音

不时有沙尘扬起
一次次覆盖那稀疏的植物
棉花地里闪光的塑料薄膜
也有灰突突的底色

那一片绿洲，一闪而过
我想那低矮的黄泥小屋里
肯定有人将打开抽水机的闸门
浇灌这难得的夏天

红寺湾

红土，红山，红寺
只有那些黑色的屋梁
勾画了建筑的轮廓

只有那些经幡
搅动着
天上的云彩

泉水越积越多
草簇拥着它们

羊群越来越多
草原簇拥着它们

一次次转动经轮的喇嘛
一身红衣服
已经是山的一部分
土的一部分
寺的一部分

面对着碧绿的草原

风吹田野

树挡住更多的风，风中的沙尘
有一部分堆积在
防风林的树沟

风吹田野，是一小部分风
像拍打调皮的孩子
让它在夜色中安静
沉入睡眠

苞米越长越高，叶子
抱住鲜嫩的玉米棒
如同抱住自己的孩子
悉心呵护它长大

一阵风吹过

是那种温柔的抚摸
像大海中的微波

夏天的田野
在风中
越来越硬朗

沙山之下

蓝天与黄沙之间的默契
必须有一棵白杨树的映衬
还得有一条小溪流的说和

而这里，有一望无际的杏树
是金黄的杏子

它们仿佛是从沙山上截取了
阳光的断面
它们仿佛是采撷了
少女的眉目，从那中间透露出的光
盘活了沙子

这真实的甜蜜
人们往往当它是虚幻

一束菊花

这是沙丘下面的一束花
是一束菊花

很多人看见它是一朵花
惊讶在沙丘下面还有一束花

很多人惊讶之后
又走向了前方

旅游者，没有因为一束菊花的引导
找到最真实的秋天

旅游者，看过一束菊花之后
没有联想到沙漠的美

沙泉

阳光反射着
阳光一直堆积

像沙子一样
像沙山一样

这一绺沙泉
清凉而欢快

是阳光的变种
是沙漠的乳液

那些青草说话了
那些桃树、杏树、梨树说话了
沙漠里
也有春天

一匹马

蓝盈盈的苜蓿
一直蓝到马的双腿、脊背和眼睛

一匹马，一直低头
把自己淹没在稠密的苜蓿中

一匹马，像是回到了
马厩，遇见了自己的妻儿

一匹马，它枣骝色的鬃毛
像是火焰
在夏天的阳光中
点燃了
苜蓿地
和自己

芦苇遮蔽下的河水

芦苇在动，它冲天的芦苇棒
像一把红色的缨枪
刺痛了谁

墨绿的芦苇
在戈壁上，在盐碱地
如此健硕
是一方沃土的培植
还是汲取了
瘠薄土地上万分之一的养分

是这水，被芦苇遮蔽的水
始终不改前行的方向
让搁浅的芦苇
做了
探寻春天的前哨

苜蓿烽

一部分倒塌的土坯
横陈一地，似有微弱的呼吸

从这里，看不见苜蓿

一箭之地
正好射中驿道
好像仍有恐慌的车马和人群

站进烽燧的阴影
与一千年前的人
并排而坐
谁也不介绍谁
谁也不说一句话

呼呼的风
吹起山坡上的泥土
打乱了沉静的思绪

在古驿道

风尘仆仆的人，走在路上的人
眼睛始终盯着水皮囊

心里想着一座有炊烟的村庄
粮食的味道
亦越来越浓

话说间，脚底下的土
突然骚动
有一颗生发的种子
爆发了微弱的力量
它的芽孢
抽出了一瓣绿叶

在古驿道
这是一件最新鲜的事儿

鸣沙山下

鸟儿的叫声
不是来自晴空中的一双翅膀
而是在沙子的隐秘处

鸟儿衔着一滴露水
没有错过春天

这金黄的幕布
从清晨

就上演了
霞光的奏鸣曲

孩子，也能听懂它的
音节
如同俚曲

一棵柳树

沙子上的树
自己的身体被沙子缠绕
像穿了一件破旧的衣服

沙子上的树
在雨水中跳舞
整个枝条和叶片
如手掌，拍击内心的欢乐

那上升的潮气
凝结于褶皱斑斑的表皮
像焦渴的嘴唇
舔舐着突如其来的甘露

随时随地
一棵柳树
装扮了沙子的美

梭梭柴

戈壁的骨头
算是硬骨头

细小的枝条
也有尖利的筋骨

风中捶打
砂石磨砺

春天的末尾
还有一瞥温柔的眼神

看见你
你就是大漠戈壁的一瓣绿叶了

高高的雪峰

整个夏天，看见它
大太阳底下看见它

它一直都是苍老的模样
它一直都绷着冰冷的脸

等到人们歇下来
完成了收割和喜庆的仪式
它似乎扑面而来
一股凉爽的风
走遍村庄
向所有的人打招呼

乡村的睡眠
亦有苹果的香味

扫树叶的母亲

微风吹过，树叶一片一片
飘下来，有的
落在母亲的身上

母亲躬下腰，扫树叶
又站起身来
在无边无际的秋天
母亲也像一片树叶
只要秋天的大潮
开始退却
她也会像一片树叶
徐徐飘落

每一个秋天
那些饱满的叶子
都坚守在母亲的背篓
像是秋天
永远没有离去

每一天

小路，渐渐有了印痕
大地上的一条线
废掉了多少脚

刘奶奶的小脚
停在了自家的炕沿
尖尖的小鞋
像一艘停泊的船

一阵阵哭声
从小院里传出
纸钱在送行的队伍中
撒落于村庄南面的戈壁

远远看去
刘奶奶的棺材
就像一只鞋啊

杏子

这杏树，夏天的一件衣裳
这杏子，夏天的一个眼神

是那种勾魂的眼神
而后，又有窈窕淑女的安宁

或者阳光斑斓的正午
或者月色如银的夜晚

走进杏林
随时都能发现她的存在

一缕缕幽香
缠绕着
把你捆绑成
一枚杏子

在柳河

淡淡的盐碱味道
潮湿的气息参杂其中

一线漂浮的绿色

渐渐清晰、稳定
渐渐看清
是一棵棵柳树

只是一棵棵柳树
河呢
河在哪里

我四周寻找着
戈壁无垠
大漠溶金

在戈壁和大漠的背景上
一棵棵柳树
排成一行
蜿蜒而去

远远望去
多像一条河流啊

卓玛

在黄花滩，采集了一把黄花
你要给谁

在清泉，舀了一勺泉水

一尝，真甜
悄悄把那一皮囊水
留下来
留给谁

或者，怀里揣着一疙瘩酸奶
望着远处的垭口

头顶上的云翻滚着
那是一场厚厚的雪啊
它们像石头一样落下来
堵上垭口

卓玛念叨着
雪，你在头顶上
多挂一会儿
等他回来

三道沟

第一道沟里有水
就有草哩
第一道沟里有水
就有羊哩

可我得翻过第一道沟

还得翻过第二道沟

第三道沟里旱着哩
第三道沟里草枯死了
第三道沟里的羊娃子
爬在地上起不来了

可我要翻过第一道沟
翻过第二道沟

第三道沟里
住着我那倔脾气的哥哥

钟声

一群鸟儿飞起来
停在山崖的草丛里

黄昏收起翅膀
把整个身子
收入阴湿的山洞

老人的脚步
一次次抬高
崎岖的道路
徒然升起

敲钟人手里的铁棒
一起一落

钟声的气飞和消失
也是一样的

梨树

春天的粉
擦在梨树的脸上

春天的笑容
也被梨树占有

风吹来
一个花苞
迅速展开

阳光扑打着
像雪花扑打着灯笼

那一朵朵梨花
那一棵棵梨树
比那些灯笼
还亮

秋雨

在戈壁，秋雨
扶起一片干渴的草

那些草
在清凉的夜色中
悄悄舔舐
凝结的露珠

稍稍抬头
就看见满天的星光
它们以为
这些星光
也有露珠一样的甘爽

胡杨林

是一场盛大的送别
抑或在季节的边境线上
又垒筑一条
非季节的夯墙
让所有即将逝去的美
暂时留住

占有戈壁的苍老
分享幼芽的年轻

秋霜的清洗中
这一片片叶子
轻轻飘落
为通往春天的路
铺满金色的毯子

云彩

哪片云彩有雨
抬头看一看就知道

草原上
这里的水会流到那里

中间会在哪儿停歇、集聚
走一走就知道

这里的雨水
那里的雨水
都是一座帐篷的雨水
都是草原的雨水

一群群羊出来
一匹匹马出来
它们都是从雨水里
出来的啊

那些在云彩下跳舞的姑娘
她们本身就是一片云彩
一场雨

头道泉

在荒野上，说着泉
太阳底下
说着泉
夏天从戈壁的砾石上升起
夏天的旅人
说着泉

草越来越多
风小了些
夹杂潮湿的气息

头道泉，像一桌盛宴
像一桌盛宴上的一碗酒
它一直摆在桌子上
那丝丝缕缕的香味
碰见，所有享用它的人

这是头道泉了
肯定是这泉

人们看见它
它像是一粒粒珍贵
从沙子里滚出来

一片芦苇

戈壁上，这一丛芦苇
是视野里的救命稻草

它把戈壁的呆板和荒芜
一点点稀疏
就像一颗糖

放进了水里
让人看见了
甜味

戈壁上，只有这一丛芦苇
它啃食戈壁上的黑石头
把人的失意和疲倦
一扫而光

黑戈壁

阳光的明亮都不能抵消它
都不能一层层揭开谜底

那些石头
完全浸润在了
黑夜中

那些砂石
完全失去了瞳仁

那些零星的小草
鲜嫩的绿
也悄悄抛弃
迟钝的春天
在一块黑色的碎石上

抵达秋天的神喻

黑戈壁，一望无际的黑
会不会
把看见它的人
染黑了

山谷

野生的枸杞
沾满了尘土

一辆拖拉机通过之后
一股烟尘留在原地
罩住一棵
茂密的枸杞树

玉米，葵花
高过行人和拖拉机
但那些尘土照样落在
它们的叶子上

山谷的寂静
像一块生铁
而拖拉机更像一把火
烧红了它

烧软了它
把它烧成另外的样子

向日葵

山里的向日葵
把山
抬得很高
而自己
像一个，像无数个
委屈的女孩
踮着脚
看山外的世界

璀璨的花盘
阳光，做了她的头饰
整个大山
也俯下身子
收揽了
满世界的天真

献与

我只独守这深山
我只在土丘
靠实肩膀

或许溪流上杂草
会窜出蹦跳的羊儿
有一头健硕的牛
也不在话下

或许，狼的嗅觉
重建了自己的食物链
莽撞的兔子没有碰上树
却碰上了磨牙的狐狸

在这深山
一步一步
敲醒
众多石头的睡眠

泉

汹涌的干旱，也没有
挤掉这一丛草的位置

在那场雨中
有一些草被山洪冲走

少许的潮湿
仿佛瞬间就被

风和阳光
抽走
干旱又一次占据了
春天的要塞

还是那些草
冲破密集的封锁
在山谷的前沿
越长越密

这一片砾石中
草走到的地方
是一眼泉
歇脚的地方啊

山巅

一个人的臂膀
就收拢了
一半儿的天空

一个人的臂膀
就盖住了
大山的峰顶

一个人

不会像一阵风
相遇在群山的每一处

只在山巅
等候那一片
飞速降落的云彩

它们是午后的阵雨
洗净了大山的面容

一场雪

从草原出发，去年的草
丢了一路

格桑打滑的摩托车
切割开一片细碎的雪

突突突的声音
裹住每一片晶莹的颗粒
旋转着，挣扎着
不肯掉在地上

这一年，格桑家的羊
早早就进了冬牧场

他的怀里鼓鼓囊囊
走进温暖的帐篷
小心翼翼地解渴
呀，两只羔羊
咩咩地叫了几声

故人

在炕上盘坐
小炕桌上的菜
凉了又热

一盅酒，哐啷一碰
就下肚了

一肚子的话
和另一肚子的话
越来越像一杯酒
又醇又香

滚滚的酒气
抱住两个人

小小的黄泥小屋
小小的世界
小小的美

再忆党金山

只是觉得汽车像一头老牛
哼哧哼哧

只是觉得卡车车楼里
有浓重的烟油味
打开窗户
一股坚硬的气流
又让人哆嗦

像是有一条绳子
捆着脚
又捆着身子
最后捆着头

像是要把头勒碎
这要命的绳子
这可恨的绳子

抬头看见低矮的山峦
在八月飘着雪花

像是这雪花
在拧成一根绳子

月光

突然间呈现
从突然到永恒
似乎只用了一秒钟

人在什么位置
也突然说不清了

想着刚才还在
光秃秃的山梁
走进幽暗的洞窟

打开一盏手电筒
怎么就打开了尘封的自己

另外一个世界徐徐启幕
自己早已融化其中

绿洲扎撒（之十三）

在乡村

光秃秃的田野沉睡着
辽阔的冬季
是土地的黑夜

几只绵羊
寻找着秋天遗漏的小草

一棵一棵
没有逃过它们的舌尖

它们一直低头
抬头的那一刻

夕阳染红了
树梢上的炊烟

一座座沙丘

一座座沙丘
遮挡住更远的荒芜

而它们本身，还举起
几丛红柳和骆驼刺

一场雨过后
潮湿的气息
四处弥漫着

这薄薄的雾
渐渐低垂
颜色渐渐发绿

沙丘上的春天
就是这样突然降临

小雪

被风赶着
就像鞭子
赶着羊

背风的地方
雪片聚在一起
越聚越多

鞭长莫及，这背风的地方
这厚厚的雪
成全了一簇
骆驼草的种子

来年，会窜出
一群新鲜的芽孢

仔细看
它们，有雪的晶莹

山坡上的桃花

认错了光景
哪来的霞彩
中午了，也不肯退去

踩着阴坡未消的雪
泥泞中，还真有一棵
嫩嫩的幼芽

愈发断定

那是一树桃花了

愈发断定
自己的脸颊
也有一抹
浅浅的红晕

采撷了桃花之光

闪光的水面

在戈壁上
看见闪光的水面

自觉不自觉地
当它是陷阱

一直看着它
把眼睛看花

这潮湿的波光
会当真袭来

心里的鼓
在干渴中敲着

近前
手心渐渐攥稳的那滴水
四处泄露
把衣裤打湿

春天

尘土飞起
尘土落下之后
很多人都揉了揉眼睛

就在这一刹那间
像是很多东西停在半空中
没有落下来

树杈间缠绕的尘土和炊烟
填补了树杈间的空隙

还不是叶子和花
还没有哗啦啦的声响

出门踩在泥土上
软绵绵的
让人有了沉醉的步伐

风中

只看见尘土
只看见树叶
只看见推涌的波浪

我和你
在尘土的另一面
同时接住一片树叶

可在那一波一波的浪花中
渐渐退却的鱼
搁在了沙滩上

我们无能为力
让它再次回到水中

瞭望台

城墙在捣毁
似乎是一分钟以前的事

现在平静多了
现在地上的黑石头
墙上的瓦

掺和在一起

几只鸟儿
在那里寻找着

我盯了它们很久
它们才从瓦砾石子中起飞
飞往不远处的草丛

雨后

热量从沙子里翻出来
薄薄的一层潮湿
被干渴的嘴唇吮吸着

那些细密的洞穴，那些趁机
休眠的蚂蚁、蜘蛛、蜥蜴
一个个爬上沙梁

它们似乎看见了我
又迅速逃遁

雨后，骆驼草绿了许多
红柳的花儿
粉如胭脂

不知从哪儿飞来的一只蝴蝶
落在一丛杂草中
就找不见了

黄草

这些草突然亮得刺眼
这些草在春天默默无闻
在夏天无动于衷

这些草，是一群草
穿着参加大合唱的衣服

唱着秋天的歌儿
一阵欢乐，一阵芬芳

这些草，不会离开
四周的戈壁和沙漠

带着众多的姊妹
在苦涩的荒芜中
繁殖密密麻麻的生活

或者

或者，我赶着羊
去北面的草滩

或者，我一路小跑
跨过稠密的泉眼

或者，就在门口
栽下一棵沙枣树

或者，我就是五月
蓬松的沙枣花
再过一个月
结满苦涩的绿沙枣
再过两个月
自己红红的，黄黄的，甜甜的
像你们盼望的那样

或者，点燃一堆干柴
让硬邦邦的西北风酥软酥软
像一块能吃的面包

在苜蓿烽下

前面的岁月清晰如石子
眼前的岁月是这高高的破碎的烽燧

以后呢，以后我走下这座烽燧
坐上汽车
去玉米地和苹果园
分别采摘两种
过冬的食物

以后呢，我翻看唐朝日志
片言只语中有这烽燧的影子
朗诵那些有泪渍的诗歌
它们成为一大河的支流

此刻正是秋天
几匹马
抚慰大片的苜蓿地
苜蓿花开得蓝盈盈的
根本无暇顾及
一座破旧的烽火台
和我

水边

芦苇把水围住
好像这水
只是芦苇的

那小鸟呢
那扑腾扑腾飞一段
就钻进水里的野鸭子呢
那戈壁，那沙漠
那戈壁和沙漠残存的草呢

还有我
站在水边
看着芦苇和流向远处的水

看着它们
那些水
就像流过了我的身体

遥望戈壁

我为什么为一棵树堆满土块
围住它皲裂的枝干
我为什么从春天的雨水中

抽取一大部分
稀释夏天的阳光

我为什么在回家的途中
寻找麻雀落脚的地方
那一簇草籽
那仅有的露珠

从戈壁到戈壁，只有
这一座小泥屋
只有这低洼处积攒的雨水

一棵小树已经长大
远处的田野
金黄的麦茬
正脱掉种子的颜色

抬头看天的那一刻
雪花飞舞
有许多被我的眼泪融化
一滴滴
掉下来

等待

一次次出门

一次次坐在沙丘上

漂浮的阳光
勒住麦子的喉管

这青苗该是灌浆的时候
可那甜美的浆汁
还在云朵里悬着

一次次抬头
看着一朵朵飘走的云彩

传说每一朵云彩里都有雨
怎么就不在我家门前停一停

绿洲扎撒（之十四）

棉花

秋天了
阳光在囤积

越来越滚烫的棉花
被整个秋天拦在怀里

棉花，从爆裂的花骨朵
采摘下来
是一双比风更灵动的手

又回到了围着火炉吃西瓜的日子
又在一阵闲言碎语中
度过了一个晚上

棉花堆满了一炕
孩子已在棉花的簇拥下

睡着了

高高的山岗

最高的风，跌落下来
最高的眼睛
却能看见
最低的格桑花

是搭着风头来的
是一路小跑
摔了五个跟头来的

八个井的一块挡了脚
一棵树被草埋住的小坑
丢掉了重心

反正这么一路
从高处奔跑着来了
像夏季的洪水
凶猛的浪头

那格桑花不紧不慢
幸灾乐祸地看着他狼狈的样子

呵呵呵的笑声

又把巴根打了一个趔趄

高处的山岗
空空的

湖泊

沙漠上的湖泊
衔着一根一根的芦苇

放手丢掉的那个
是一对野鸭子
它们的孩子在芦苇丛中

走向湖泊的牧人
让自己的羊先走
那些羊，铮铮抢抢地围在湖岸
喝一口水，叫一声
此起彼伏的声音
盖住了清澈的水面

牧人坐在沙丘上
湖泊被风吹到眼前
吹到鼻尖

一朵杏花

她蹦蹦跳跳地走着
她的脸，她的身子
在树杈间闪烁
像一簇杏花

这杏林
静静的，只有她来回地蹦跳着

几只蜜蜂飞来
嗡嗡嗡地叫着

小狗儿警觉起来
汪汪汪吼了几声

她停下了步子
四周看了看
把小狗拢在了身边

这讨厌的蜜蜂
这讨厌的小狗

春天

再一次回到春天
他红色的衣袍
露出半截胳膊

墙角还有堆积的残雪
山顶上的风
吹在树上
吹在房子上
又从树上、房子上
吹到他的身上

那是阿妈的问候
阿妈在高高的山上
抽了一鞭子
又抽了一鞭子
把风赶到了这里

一阵又一阵的风吹来
春天就在里面了

山口

光秃秃的山

干涸的山口

春天有水的时候
是个什么样子
夏天有水的时候
是个什么样子
现在是秋天

光秃秃的山
干涸的山口

一只云雀
丢下几滴水灵灵的叫声

走进山口
我的耳朵越来越潮湿
那流泉
哗啦啦的流程在放大

我看见了春天的样子
一片碧绿
我看见了夏天的样子
桃子嫣红

现在是秋天
绿的，红的，黄的

聚在一起
像一群姑娘

戈壁上的胡杨

戈壁上的风
秋风在吹
西北风在吹
像火一样卷着阳光的风
在吹

戈壁上，风
一年四季在吹

只有胡杨林里的风
在秋天吹
在叶子黄了的时候吹
哗啦啦的黄色
缎子一样的黄色
似乎一下子就吹满了戈壁

戈壁上的胡杨林
让戈壁
做了一回
羞涩的新娘

在黄草营

铁打的营盘
也断裂了
残墙，像历史的身体
摇摇欲坠

要看清楚哪些是活着的
泥土，要用手攥紧了
揉碎，填充
草籽或者麦粒

要看清楚春天的雨水
会不会顺势而来
就要把积攒的力气
在太阳下暴晒

在黄草营
羊群够着的野草越来越少
城墙圈住的风
越来越大

白杨树下

树高了

树下扶树的人
老了

这树，够着了
半个天空

这树，在最干旱的那年
一个人省下了半盆子
一个人整个夏天
眼巴巴地看着
这棵小树

白杨树下
更多的人长高了
一些人佝偻了
出门，只能扶着树
往高处看一看

风吹来，树叶
哗啦啦响成一片
鸟儿们飞起
像是一簇簇树叶
飞到了空中

暴风雪

棕色的马儿
像一团雪球
滚出了隘口

后面那些马呢
后面的羊呢
后面是一重一重的雪

哪儿是帐篷呢
哪儿是冬天的草料场呢
哪儿是阿帕熬好奶茶的炉火呢

一场暴风雪打翻了草原
它是一个力大无穷的摔跤手
牛啊，羊啊，骑手啊
都被重重地摔在了地上

这时候还不能抚摸自己的疼痛
这时候还都在风雪中
互相传递着皮毛上的温度

狼嚎一样的风

窗户玻璃啪啪啪地响

狼嚎一样的风
爬在窗户上
敲打着玻璃

炉火也窜出炉膛
应和着风声

孩子们躲在一边
甚至丢掉了手上羊骨头

老奶奶拨了拨旺盛的火苗
对孩子们说
别怕别怕
这是火在笑
你听，笑得多开心
火笑了
家里要来客人呢

说话间，门帘被一阵风掀起
远方的舅舅
扛着半只羊进来了

头道泉

稍稍有点累了
坐下了
掰开烧壳子

那匹马扭头向沙丘的另一边去了
挣脱了缰绳

这野了一个夏天的马儿
要去哪儿

牧人追了上去
马狂奔起来
又突然停止

原来那里有一眼泉
树立的石板上写着
头道泉

夜晚

遗漏的星光
在墙壁上打滑

几只杏子
被树叶拨动

一阵一阵的馨香
会是哪一种花
集体分娩

走着走着
李家的狗叫了
李家的狗叫完之后
张家的狗也叫

踩着杂乱的狗叫声
原来这夜晚
也有自己的味道和音乐

火烧湖

一河滩的草
都在喊咸

被泉水带回来的盐
越积越多

风吹走一下

又扔回来一下

这些盐啊
顺着一棵棵小草
爬啊爬啊
累得气喘吁吁

小草啊
你涨红了脖颈
也没说出一句话

路边的烽火台

来来往往的车
像一阵风

而缠绕在烽火台上的风
却久久不肯离去

它的身子
越来越像风
凝结的一棵树

一棵没有树叶的树
死死地扛着自己的过去
一脚踩灭了

一粒发芽的种子

来来往往的汽车
来来往往的风
似乎已经填平了
一座烽火台
深深浅浅的裂缝

沙葱

如此烈性的植物
竟然冲破沙漠的重重陷阱

柔弱的一面
在风中摇摆
而轻轻咬开它的茎叶
却聚集了一堆味蕾上的针

起初看见它
是在雨后的晴天
它的生长
像是一个奇迹
一滴滴雨水
似乎没有经过
时间的发酵
就已经绿油油的了

只是这一天或者两天
它就把一小部分沙漠盖住了

峡谷崖壁上的植物

水的冲击声被崖壁撕裂了
零零碎碎的
不如一滴雨水整齐

而崖壁上的野草
在这碎裂的声音中成长

瘦弱的身体
像是皮包骨头
可这骨头
风啃不动
霜雪也啃不动

这是峡谷造就的植物啊
它们是一块块石头
它们是一堆铁
坚硬、恒稳
绿油油的

秋天玉米地

秋天从玉米地开始
涂抹了香喷喷的黄色

阳光持续降落
有多少光，有多热
都被稠密的玉米一一瓦解

当一片夕阳静静地消失
沉淀在玉米地里的颜色
一瞬间更换了
自己的衣服

那嫩嫩的绿，那似乎枯萎的叶子
被重新保留了
再生的肤色

秋天的玉米地
在一个清晨
人们看见金黄金黄的果实
并不觉得惊讶

他们昨晚的梦
刚好与这金黄的果实契合

高耸的角墩

从瞭望口看出去
正好框住了夕阳

墩台之下的红柳
愈发鲜红

那风中的穗子
沾满了细细的盐

一座古城池的黄昏
全部崩塌或者破碎

没有一个人能回到从前的街道
也就没有一个人
能够拼接完整的霞光

一簇骆驼刺

有没有骆驼
骆驼刺先长起来
先把春天雨水
储存在自己尖利的刺上

一阵又一阵的尘土
吹走春天
而骆驼刺留下来

这骆驼最后的领地
一簇刺眼的绿色
同样穿刺夏天的酷热

不知道哪一年一月
卸下的栅子
全都像这一簇一簇的骆驼刺
在荒芜的深处
仔细翻检
骆驼的一声吼叫

看见崖壁上的山羊

它迅速弹跳
就像一块石头
飞起又落下

它仔细地打量
五十米之内的险情

哪怕是一片飘落的树叶

哪怕是风中飞起的石子

崖壁的峻峭徒然失色
每一个沟坎
都会接住山羊
轻浅而有力的脚印

凛冽的风

带着自己的仇视
只要看见
就冲上去

带着自己的寂寞
只要稍稍阻拦
就一语中的

带着自己的灰尘
抹在所有灰尘的表面

叶子落了
被它的鞭子驱赶
牛羊躲在槽边
储存的干草
让它们度过了
这漫长的风季

一只鸽子

它们从一截断墙起飞
它们在天空盘旋
一直不飞远
只在断墙上面

这一截断墙
被密密麻麻的野草簇拥
似乎没有一群鸽子的
容身之地

我小心翼翼地看了看
生怕惊动了
头顶上的鸽子

乌云

刚上城台
乌云就盖住了
荒芜的断墙

噼里啪啦的雨
冲下泥浆

这垂老的土
瞬间就压倒了
一丛冒出头颅的幼芽

看着看着
雨停了
我把脸上和头发上的雨水
一滴不剩地
甩在了一棵干枯的
骆驼刺上

沙丘之侧

走上沙丘
原想这沙丘已经被踩平了

可沙丘之上
有一棵幼苗
它似乎虚弱极了
稍稍碰撞
就会骨节断裂

我不慎踩了它一脚
当我心存悔意

再回头看它时
它又支楞起身子

牧人说
整个沙丘下面
是它的筋骨

没有人能够制服这
小小的幼苗

在柳河

春天不会再有桃花
以及后来季节里的桃子

春天剥开自己的种子
把它们悄悄包裹在
鲜嫩的叶片里

我们不知道
会在一场沙尘暴之后
会有拔节的幼苗

站在柳树之侧
密密麻麻的枝条
簇拥了我

像是清凌凌的水

没有河的地方叫河
是争相出土的种子啊
是种子上擎着的枝条和大树

给你

一盏马灯下
摇晃不定的驿路
刨开厚厚的雪

一阵又一阵急促的呼吸
凝结为尖利的冰凌

一匹猛然间爆发的长啸
磕出了火
这短暂的温暖遗留下来

当我接住一枚汉代的火镰
从前的马和灯
又回到了我的身体里

沉默

确信，我已找到了丢失的春天

确信，那独一无二的笑容
已经埋下了种子

美是可以种植的
有了你
桃花可以从花的词典里删去
还有其他更美的花

在美的行程中
我亦步亦趋
拾拣你的脚印
串起它，就像串起
晶莹的珍珠

是的，珍珠似乎也不配
为你的沉默
代言

南戈壁

南戈壁是埋人的地方
隆起的土丘
人们叫馒头疙瘩

每年的清明、七月十五
人们走上南戈壁

在馒头疙瘩下
敬上烟、酒、水果和馒头

南戈壁上的兔子多了起来
兔子多了
狐狸多了起来
狐狸多了
渐渐有了狼

它们偷偷地跑到村庄里来
偷偷咬死鸡、羊和牛

人们叹了一口气
它们附了祖先的魂魄啊

大风

风吹起石子
风吹去零散的柴草

躲起来的人
走在路上的人
赶着羊回家的人
把大风夹在腋下
像牵一头犟驴

大地最轻松的那一刻
风让它紧张起来

绿洲扎撒（之十六）

拔草的姑娘

她的方头巾在草上飘着
有些草被割倒

它的方头巾
像草原上的一朵花
草盛在筐篮里
花也是

她的方头巾
一跳一跳的
在白杨树的空隙间
闪了一下
又闪了一下

人们说
那是拔草的姑娘
回来了

牧歌

他吆喝一声
羊群顺着有草的地方走过来

他吆喝一声
羊群顺着有水的地方走过来

他吆喝一声
羊群顺着黄昏走过了

他轻轻地关上柴门
所有的羊
又向他吆喝

羊们的吆喝声
轻柔多了

故乡

一阵炊烟
一阵尘土

那炊烟，挂在树上
没有落下来

那尘土，撒在青苗上
被风吹走

树越长越高
青苗，也开始收获

秋天的小院
果实的芳香在弥散
它们能够穿山越岭
找到自己熟知的人

每一次

每一次
看一株棉花苗
舒展叶子

每一次
折一条柳枝
拧一管柳笛

柴草烧火
炒一盘小白菜
不小心掉下的一根面条
被燕子衔走

每一次
挽起裤腿
走进泥泞的田野
感觉自己就像一棵幼苗
渐渐扎下了根

每一次
都像第一次

榆钱

树叶上的阳光
开始发酵

阳光的脸
嫩黄嫩黄的花瓣

温暖的气息中
有一丝一缕的清香

这一树的春天
阳光的笑容
触手可摘

摘下它吧

整个一个冬天
梦里见过它
好多次

苜蓿

这惊喜的眼神
这一望无际的歌舞梯队

像睁开眼睛的婴儿
在这个世界有一串爽朗的笑声
像一个勤劳的人
苜蓿第一个打开阳光的门扉

在这个春天
冰雪后退的路径
全部是种子的喧嚣
它们互相拥挤着
推搡着
像游行的队伍

看呀，苜蓿
就这样，它们成为一个群体
占领了目所能及的大地

扎子沟

雪来了
一下子就来了

躺在草地上
爬在岭上
钻进每一个细小的洞穴
挂在尖利的崖壁

像一个安静的白羊
像一群愚笨的动物

雪走了
雪一步一步走
走了整整一个冬天
整整一个春天
还有半个夏天

雪来了
雪走了
像是扎子沟的亲戚

后坑

草越走越远
像一匹马

走不掉的树
剩下了枯根
根，也越埋越深
在旧的时光中腐烂

草走了
一场大风
斩断了河流和泉水

这是一场旷日持久的风
一直刮着
现在仍然刮着

没有草的后坑
没有树，没有河流和泉水的后坑

就像一片戈壁
谁也不知道
这是有草有树有河有泉水的后坑
汉代和唐代的马队
在这里休息过

怅然若失

一个人站在空旷的草原
一个人爬上一座小沙包

一个人跟随一条小溪流
一个人手捧一束野花

这一切，都是为了卓玛
可卓玛的坐骑
就像天上的云儿
一会儿来了
一会儿走了

鹰窝树

鹰没有
树没有
满眼都是沙子

从前可能有鹰
从前可能有树
现在到处都是沙子

鹰去哪儿了呢

树去哪儿了呢
怎么只有沙子

在鹰窝树
一个人想象着有一棵树
浓密的树叶盖住自己

他眯住眼睛
果真身体上清凉清凉的
有植被的香味

白草地

风打过一千次
霜打过十次

这一次
它自己把自己
举过风霜

会有多少天空
容下自己
雪白的身子
只有坚硬如铁的骨骼
支撑起漫长的冬季

白草地
雪白如肌如粉
但却是
刀子上的光

蓝蓝的天空下

羊群向河边移动
速度明显加快

骑马的牧人
自己先在河边
喝水，洗脸

茂密的草
捧着浓稠的霞光

羊和草在一起
羊和草和霞光在一起
美极了

牧人猛然向天空
抽了一鞭子
所有的羊
都向他看

他仰躺在草地上
一天了
他已经把自己的疲劳放下

胡杨林

戈壁迅速缩小
订在一个点上

戈壁铁板一块的色彩
迅速被击破

荒芜的碎片
退却，退却

那金黄的叶子
俨然是公主的睫毛

一个眼神
就把四围的戈壁
轻轻挥去

在胡杨林
在浓荫的庇护中
自己想象着

自己也是一棵树
越来越壮实
越来越美

石板井

盖着石板
就像是戈壁的一部分

移开石板
就像戈壁的眼睛
亮晶晶的

戈壁，你冷酷的中心
竟有一颗温柔的眸子

戈壁，你粗暴的干旱
竟有如此温顺的水

戈壁，走到石板井
长长地松一口气
就像把一只凶狠的恶狼
甩掉了

在黑鹰山

黑的石头
把白昼点亮
黑的山
把白昼点得更亮

如果它是一只鹰
就足以叼起所有的黑暗

如果它是一只站着不动的鹰
就足以让戈壁安宁

如果它是一只几千年
站着不动的鹰
那么，这片戈壁
就足以写下
鹰的名字

绿洲扎撒（之十七）

一顶帐篷

高高的草坡上
只有这一顶帐篷

高高的草坡上
看见水往下流

高高的草坡上
喊一嗓子
会有多少蜜蜂飞起

高高的草坡上
静静的
没有蜜蜂
也没有羊群

山谷里的草莓

次松林的阴坡
每年都积攒了
夏天的雪

野草莓的夏天
是清凉的
野草莓的夏天
等待牧羊姑娘
那柔嫩的手
来采撷

次松林的阴坡
顺着山谷
流下来翠绿的叶片

一颗颗草莓
红红的，黄黄的
像是绿色波浪中的玛瑙和珍珠

水坝

羊来了
牛也来了

羊叫几声
牛一直低头喝水

整个黄昏的喧嚣
从水坝上漫过来

每家每户的炊烟交叉一起
有一股淡淡的草烟味儿

每家每户的男人女人端着海碗出来
蹲在水坝

粮食和蔬菜的味道飘过来
没有一种味道是重复的

在草原

我以为，草原就是
碧绿的草，全部是碧绿的草
到处都是碧绿的草

还有小溪、帐篷
花朵和牧羊姑娘

我以为，草原就是

想唱歌就唱歌
想跳舞就跳舞
大碗喝酒
大块吃肉

而在阿克赛
我看见倾斜的山坡
和阳光下闪亮的石头

牧人说，这就是草原
羊群撒落一地
像是在啃食
石头上的阳光

狭窄的山谷

有了水
山谷里挤满了植物

有了植物
两只野兔子有了窝

有了野兔子
它们在灌木丛
倏忽就消失了

当你怅然若失
它们又在山谷的一侧
探头探脑
灵巧的样子
一下子把大山激活了

鱼儿红

鱼儿到底有多红
可以去看一看

一河的石头
挡住了路
可以绕过去看一看

光秃秃的山崖
挡住了去路
可以爬上去看一看

走到一片开阔地
低矮的土坯房
一字排开
像是一千年的样子

有人说，这就是鱼儿红

鱼儿到底有多红
揉了揉眼睛
又揉了揉眼睛
才看清楚

穿越柴达木

一

像锅一样的大地
锅里熬煮的
是盐、碱和石油

二

刚开始在锅沿
一直往下走
就掉进锅底了

看见一些碱水涌出地面
在阳光下渐渐泛白
在阳光下一点点成为粉末
最后成为芒硝

看见芒硝的边界
有白色的草刺
白绿相间
尖利的枝条上

挂满黝黑的果实

后来知道
那是大名鼎鼎的柴达木黑枸杞
营养丰富，有多种氨基酸

三

又开始爬坡
汽车像喘着粗气的老牛
慢了下来
又慢了下来
远处的铁塔涂抹了黄色的油漆

像一棵新鲜的树

四

黑色的柴达木
靠山吃山靠水吃水的人
坐在锅底
捞锅里的骨头和面条
舀锅里的汤

一株植物

这是柴达木的植物
干瘪的枝条上

缀着几片绿叶

这是柴达木的花
黑黝黝的
有饱满的汁液

这是柴达木
四顾茫茫
只有这些低矮的植物可以依托
只有这些低矮的植物
像一个惊喜
让人久久不能忘怀

钻探者

那些钻塔
和他们身上的工装
一个颜色
或许就是他们的身体

那些钻塔，在风中
更像一个男人
而在雪中
却是一个孤独的女人

它们矗立在柴达木的中心

把一群男人和女人
举高举高
把柴达木
举高举高

土林

深深的沟壑
凸起一条条土林

在黝黑的盐碱滩上
浮出这枯黄的游鱼

在柴达木
它们是鲜活的
会像一条条大鱼
突然间窜入
柴达木寂静的大海

我目不转睛地盯着它们
生怕它们真的
一转眼就不见了

花土沟

把土看成一朵花

把一望无际的土
看成一朵大花
就有了花土沟

柴达木人走出柴达木后
第一眼看见了这些土
第一眼看见它们埋住种子
第一眼看见绿油油的草
一把揪住

这里，就成了柴达木人的窝
就像兔子有了自己的窝
窝边有鲜嫩的草
一直舍不得吃

花土沟，柴达木人
把石油输送到绿洲和江南
把花土沟藏在心里

雪莲

在柴达木，第一次看见了雪莲
风干的花蕊
紧紧包裹的叶子
像一个熟睡的干尸

春天它在哪里
夏天它在哪里
秋天它在哪里
现在是冬天
它只在这里

雪莲，雪莲
我想在高高的雪峰上
在一片洁白的雪野中
亲手摘下它

我想，你会像一个高傲的公主
不肯跟我下山

草地上

茂密的草上
羊走过
牛走过
马儿走过

它们从草上
带走了自己的体力
带走了一天的奔跑

草在静静的星光下
渴饮一滴滴露水
用成长的力量
抵消被宰割的疼痛

草地上
或者只有轮回的草
新鲜的草

而没有从前的马匹
和羊和牛或者
狐狸和狼

回来了

大漠空阔，骆驼渺小
骆驼移步，沙粒渺小

越走越多的沙漠
越走越少的骆驼

一直走
沙漠更大
一粒粒小小的沙子
也越来越大

当一头栽倒
身上、脸上
全是沙子

长叹一声
也少了力气

此刻，人们猛然间看见天边的绿洲
才轻轻地拍了拍骆驼的屁股
老伙计
我们终于回来了

对话

今年的雨水多
这雨水过几天
就是毛茸茸的草
这草过几个月
就是活蹦乱跳的羊啊

两个牧人站在雨水
身上的雨水往下淌

咱们到前面的烽火台下躲躲雨吧
这雨越下越大了

还是站一会儿
几年了
没有这么大的雨
十几年了
没有被这么大的雨淋过

两个牧人站在雨中
久久的站着
像是在看守他们的羊群

绿洲扎撒（之十八）

一场大雪

才刚刚糊了一层窗户纸
大雪就来了

大雪像鸡爪子
在窗户纸上刨着
像是能从窗户纸上
刨出几粒小米

这么大的雪
院子里房顶上
全是，田野上
远处的山上
全是

这么大的雪
北风怎么扫也扫不干净

这么大的雪
一个冬天被它惦记着

还有夏天的饱满的麦粒
秋天沉甸甸的谷穗

小草

在绿洲
在草原
一棵小草
在所有的草中

刚刚出生
就被埋没

在戈壁
一棵小草
孤零零的
没有其他的小草

在戈壁
风吹来
像扫把一样的风
像刀子一样的风

吹来
一棵小草
就快坚持不住了
就快要倒下了

在戈壁，难得的雨水
无花只有寒的雪
扶起它羸弱的身子

它开始伸直腰板
开始成为一棵真正的草

一棵戈壁上的草
像一双眼睛

葵花地

垂老的花
枯黄，凋零

但还有掩盖不住的生机
白的，黑的葵花籽
整齐地排列着
表达自己
小小的一份
成长和成熟

在秋天
唯有它打通了
通往自己的路径

你看那整整齐齐的
一排排、一行行
多像是美玉和翡翠
镶嵌的道路啊

只在春天

寒潮从泥泞中泛出
哪一颗种子
会挺身而出

哪一颗种子
会脱去胎衣
接受阳光的拥抱

只在春天
在鸟儿的鸣转中
在人们埋下力气的地方

才会有从前的根
迅速离开泥土的黑暗

向汗水流经的方向
招手

春天的田野

两个人各端一个小瓷盆点苞米
点一粒苞米
踩一脚

点一粒苞米
低一次头
弯一回腰

两个人笑着说
这是作揖呢

给谁作揖呢
给这地
给这收成啊

大雪飞舞

雪，来势凶猛
像一头野兽
饥不择食

雪吹在人身上
雪想把人埋住
把所有的毡房埋住

一天一夜了
雪越积越多
足以能够统领草原

可一点点推开
积雪的那个人

一点点从草垛子上
取出晒干的青草
高低起伏的雪
瞬间就被抖落
咩咩咩的叫声
像一簇簇火苗
一跳一跳的
温暖的气息弥散开来

行走者

这里的泥土和那里的沙子
这里的水和那里的雪

到踩在脚上
都留在鞋上

不知不觉，已经有多年了
这儿的秋天，那儿的春天
各有不同，或者
根本就没有什么不同
只是匆匆而过
少有留意

有一年，有一天
累了，走不动了
把自己的余生全部踏踏实实地
安坐于老柳树下

那一双鞋，破烂不堪
张开一道道的裂痕
恍惚间，像他从前走过的路

一棵榆树

还能走多远
还能走几步

一座沙丘连着一座沙丘

炽烈的阳光
压住沉重的身子
有一半
已经埋进了沙子

翻过这座沙丘
就翻过沙丘
就美美地睡一觉

这话，已经说过几十次了
现在，只在心里想

这回，看见了一棵榆树
就在沙丘下

那儿肯定有树
不然，怎么会有一棵榆树呢

用最后一点力气
抱住榆树
几片叶子落在身上
像是清凉的雨

村口

一个老人

有事没事总爱站在村口
像一棵树

一个老人
就像一棵树
风吹乱她的头发
她一动不动

一个老人
就是一棵树
主干皲裂
密集的皱纹和新鲜的叶片
在春天，在夏天，在秋天
支撑着村庄的天空

一个老人
几乎眩晕了
这个冬天
一场大雪
压断了枝条

来年的春天
村口有那么多树
还是有人说
少了一棵树

窗棂

一串红辣椒
挂在窗棂

像是一束火苗
整个冬天的温暖
被晨光点燃

那雪花，敲打着窗棂
一片片落到辣椒上
像是一双双手
抚慰着小院落的冬天

那红辣椒
越来越红
像是长在秋天的辣椒树上

倾斜的山坡

倾斜的山坡
堆满了石头
而别的地方
到处都是雪

倾斜的山坡
一阵又一阵的风
吹过去，又吹过来
把倾斜的山坡
吹得圆滑

如果春天再次来临
倾斜的山坡
会有无数的野花
在风中开放
散发一阵一阵的清香

屯庄

小小的屯庄
泥皮和石头垒起三米高的墙

白杨树，榆树，沙枣树还有
梨树，杏树，桃树，苹果树
在山坡下背风的水沟里
开花结果，就像
小家碧玉
有自己的悠闲和美

一尺厚的雪

把炉火烧旺
一行深深浅浅的脚印
从张家到李家
从王家到康家

猪肉炖酸菜的香味
迅速弥漫开来

整个屯庄
像是新鲜的婴儿

春天

到处都是草地
一夜之间
草地上又渗出水

一夜之间
春天晶亮晶亮的
春天抹了五颜六色的脸蛋

从这里到那里
隔了这草和水
只有羊儿
驮了些炒热的蚕豆
送给对面的妮儿

梨花

像雪一样
吹过来
扑在脸上

淡淡的香味
无缘无故的暖

走下山坡
越走越远
回头看了几次

看不见了
张开紧攥的手心
那些花
似乎还在

一只麻雀

它站在窗前
跳来跳去

它看见屋内
茶几上的橘子和干果

并快速的
在窗台上
拾拣着什么

我站也不是
坐也不是
静静地看着它

终于忍不住一声咳嗽
麻雀惊怵地
飞远了

我推开窗户
窗台上有几粒
干瘪的瓜子

一场洪水

像是一头野蛮的怪兽
看见什么咬什么

在戈壁上冲出壕沟
在绿洲的的防线
漂浮一丛丛连根拔起的秧苗

当一切归于平静
当一阵阵勇猛归于强弩之末

那蓬勃的潮头突然间僵死
泥浆下沉
清水上浮

一场洪水，像是一个外科手术者
改变了绿洲的面容

在吐尔汗戈壁

黑而幽深
像走进漫长的冬夜

几束点缀着的植物
似花，似精致的刺绣

阳光弥漫
也同样渗入这
黑色的涂层

一颗颗石头
坚持着饱满的童心

西风吹过

北风加持

这一片戈壁好像更宁静了

似一个圆寂的高僧

绿洲扎撒（之十九）

一座烽火台

愈发消瘦
梗着脖子
像一个倔老头

它会对我说些什么
在接近它的一刻
我竟有些紧张

无边的夏天
一阵阵热浪
如一双手
推搡着我

我前行的步伐
明显地缓慢

而走进烽火台的阴影
舒适的清凉灌注于浑身
我似乎找见了
从前的亲人

黄昏

敦煌，黄昏
炊烟缭绕
城外的麻子
遮蔽了夕阳

一个人急匆匆穿过牌楼
是那座仿古牌楼
把时光退后了
一千年

那个人像一棵麻子
消失在麻子茂密的道路旁

夜色漫上来
麻子的叶片
渐渐浓了

杏子熟了

谁是叶子
谁是杏子

月光里的女子
只是一阵清香

分不清是杏子的
还是她的

站在杏树下
他随手摘了一颗
轻轻摸一摸
就知道杏子的成色

他们在杏树下
站着，不说话
像两颗杏子
默默地注视着对方

月光下
杏园里的杏子
熟了

山口

我坐在山包上
山口的风声
一次次漫上山包

所有的景致
似乎都在收缩
向着这狭窄的山口
拥挤，一瞬间
我感觉到脚下
是滚滚的波涛

其实，一个人的寂寞
不会像石头
越来越沉重
而会像水
渐渐流走

我空虚至极
似乎一阵风就能吹走

高高的沙山上

越堆越高的沙子

看见，远处的绿洲像
一块玻璃
绿色的玻璃
在太阳下闪光

在沙漠上
一块玻璃
不管是一块什么样的玻璃
很快，就会被沙漠淹埋
淹埋得干干净净
一点儿也看不出来
曾经有一块玻璃

站在这庞大的沙山
看见玻璃一样的绿洲
心里捏了一把汗

倪家庄子

姓倪的人
走了
只留下这样一座庄子

高墙、厚土
一层层风霜垒叠起来
像一个老人

额头上
布满了皱纹

姓倪的人
似乎就只留下了
这样一位老人
一动不动
矗立在田野上
守护着祖宗田产

人们看见了
都说
倪家庄子
就像在说一个人

平坦的戈壁

走在这里和走在那里
没有区别
走和不走
好像也没有区别

这让人慌张

身后的景色越来越远
最后看不见

身前身后
到处都是戈壁

走啊走啊走啊
一阵风吹眯眼睛
揉揉眼睛
看到的
好像是另外一个世界

在葡萄园

他说，今天带你到城里去
买一身花衣服

她说，这几天葡萄都熟透了
等摘完了葡萄

他们一起用小剪刀
剪下一串一串的葡萄

他说，这一串很甜
用手绢擦了擦
递给她

她尝了一颗

哎呀，怎么这么酸呢
酸死人了

他笑了
她也笑了

寂静的葡萄园
被这笑声和阳光所填充

沙葱

一场雨过后
戈壁的葱翠是突然来临的

细嫩的幼苗
在干旱中突围
在碎石的拥挤中
养精蓄锐

各种滋味
有内敛的矜持
亦有狂放的野性

放眼望去
荒芜的戈壁
是它鲜嫩的手

启开了
春天的大幕

月牙泉

一直被月色钟情
沙漠中的水
渐渐有了灵性

是一队骆驼
丢弃了难以忍受的饥渴

是一个夏天和另一个夏天的重叠
也许是一千个夏天的积累
所有的热
在埋在沙子里
所有的热
都从沙子里渗入
一个脚印
就能拨开一束火苗

月牙泉，像一双手
让苦难中的景致
重回生命

嘉峪关以西

一场雪，盖住了戈壁的荒凉
厚厚的雪
像是盛开的棉花

这么多棉花
该会藏下
多少温暖

可迎面扑来的
是一阵阵寒冷

一群羊
羊毛漂浮
像是要飞起来的样子

似乎是整整一座关口的稳重
压住了它们

它们就很快就通过了隘口
走向
绿洲的炊烟

从垛口上看过去

从垛口上看过去
长城，像一只手臂
搂抱了整个岗原和戈壁

一条河流
在深深的峡谷运行
一条河流
像是从前的账簿
翻看着
夏天和秋天的收成

而长城是一座房子
绿洲上劳作的人
一年年的谷禾
被风吹走一些
被戈壁埋掉一些

在田埂上

你一摇一摆地走着
像是一阵风
一朵花上风
一串穗子上的风

你拐过了田埂
被高高的玉米挡住了

可我还能看见你的身影
颤颤悠悠的

一直走到我面前
走到我心里

八月的乡村
静静地摊开自己的美

雪原

白白的雪原上
红红的一团
像火

白白的雪原上
一个女孩子
像一盏灯笼

白白的雪原上
女孩子的红棉袄红棉裤
似一朵胖乎乎的花

一点儿也不臃肿

白白的雪原上
女孩子喊了一声

那鲜红的颜色
顿时向四面扩散

有一股温暖的气息

白杨树下

一根树苗
长了十年

这十年的光景
又粗大又笔直

这十年的光景
晒黑了多少脸庞
枯萎了多少粮食和草

那个孩子
长高了一截
说说笑笑的样子
早都没有了

就像这棵白杨树
树干一点儿也不摇摆
而树叶却哗啦啦作响

绿洲扎撒（之二十）》

铁匠

实用意义上的火都灭了
他心里的火一直烧着

他不停地喝茶
凉凉的花茶

这样嘴上还起泡
脸上还不住地掉下汗珠子

铁的顽疾
是在他的冥想中
一点点酥软的

铁，在变形
在生活中游弋
而他内心的火

一阵燃烧着
直到把自己烧毁

扬场

乘着风
乘着如雨滴般垂落的麦粒

汗水崇尚
大地的黄金
汗水猛然间暴露于
梦境，而所有的梦境
被风吹乱
与草分离

多么真实啊
这滚圆滚圆的颗粒
把人埋住

重新启幕的梦
浮出微笑

雪

山顶上的雪
与山下的雪连成一片

上山的人连成一片
下山的人
手拉着手，小心翼翼

在雪的背景上
蠕动的黑色、黄色、红色
似微小的蚂蚁

高处的玛尼堆
风在经幡上肆意拍打
那些狂奔的颜色
如同急于逃走的蛇

区别着深厚的雪

铁钟

一块铁把自己的翅膀
收敛在铁里

一块铁，高高在上
一块铁，浑身
缀满了
坚硬的树叶

一块高处的铁
就像一只鸟

突然间扑棱起翅膀
突然间轻盈
突然间落满深山沟壑

打钟的声音里
树木垂青
种子发芽

堡子滩

有多少雨水
抬头看看天

有多少草
一鞭子抽醒
风中的春天

山里的羊群
回到了堡子滩

格桑唱了一首歌
歌声像碧绿的草
传到了很远很远

山顶上

把一朵云戴在脖子上
就像把哈达戴在脖子上

几只雪鸡跳来跳去
传说中浑身如雪的羽毛
从山上滚落而下

似乎蹭了山岩和泥土
纯白中有细密的斑点
似渐渐融化的雪

在倾斜四十五度的山坡
山羊的咩叫
攀着一根根纤细的草

一直向上，向上

一只麻雀

雪地上的麻雀
刨开一片雪
翻检陈年的草籽

阳光和雪
互相碰撞着
闪烁着刺眼的光

雪和阳光中的麻雀
像是一片雪和衣团阳光
扑腾扑腾飞起来

山上的树

几棵梨树
雪白的花储存了
过多的阳光

而叶子
更需要一场雨

我抬头看天
晴空万里
我就像一棵梨树
静静地站着
在陡峭的山坡
似乎就要渐渐枯干

一个人远不如山上的一棵树

光秃秃的草

在戈壁
在一群羊低头吃草的地方

一个人
密密麻麻的石头
构成大地的荒凉

羊群并不在意
低头啃食着
光秃秃的草

这光秃秃的草原
一块块石头
就像一只只羊

低头啃食
光秃秃的草

水边的胡杨

在水边，秋天横渡
向上
在每一棵胡杨树的枝条

坠落黄金的寓言

水边，水里的阳光和树
水里璀璨的光明
在扎根，在生长

像是秋天
再一次回来

像是秋天
拖儿带女
赶着马车
正走在秋天的路上

每一次

爬上一座沙丘
又看见一座沙丘

又爬上去
又看见沙丘

每一次，人都似乎
会矮半截

每一次，人用

急促的呼吸瞭望

自己葬送的前程
自己必须找回来

在阳关一带

向西，绝命的呼喊
埋在了风中

刀斧手，在沙层里
睁大眼睛

一旦风吹草动
它们将把前行的道路
砍成碎片

而那稀疏的脚印
也将拾拣自己的骨头
在蜃景中漂浮
在蜃景消失得无影无踪

阳关一带
一个人、一群人走进无垠的沙漠
那声音，那身影
越走越远

一直到看不见
看不见
也许就永远
看不见了
像一粒粒沙子
融入广阔的沙漠
分不出谁是谁

敦煌沙漠

走进沙漠
越走越远
就感觉到自己
越来越小

如果自己越来越大
那就是到了敦煌

一条条溪流
在绿洲上反复
春天和夏天交替展开
一个人顺手摘到的东西
越来越多

如果自己越来越小
最后成为一粒沙子

那就是自己成为
敦煌沙漠的
一部分

城北地带

旧时代的夕阳
还没有收尽
它残破的余晖

那一截格格不入的土墙
亦步入垂危之时

两者的合谋
就在城北荒芜的草滩

红柳一直红着
熬过了冬天
盐碱地上的芦苇
一半被风折断
一半挺立
它们在时光中掉队
再也无法找到熟悉的
兄弟姐妹

芨芨滩

由绿而黄
一茬一茬的风
已经把它扶持得坚强

饮了咸水
又在雪的洗礼中
一点点脱掉稚气

贫瘠的土层
鹅卵石的缝隙
缠绕着它
无所不在的问询

在荒芜的戈壁
在一阵紧似一阵的风寒里
它可以直指天空
让星空战栗

初冬

在沙窝窝点一堆火
缩小冬天的空间

可冬天仍然舔着火苗
像吃一根冰激凌

有了这一时半会的热乎劲
冬天似乎有了肌肉和骨头
生硬地截断我们的去路

冷冰冰的世界里
故乡越来越温暖

灰色的山冈

我前世的死亡
是这沉重的山
不肯燃烧也不肯融化

我前世的水
偷偷回来
没有草和树叶做的筏子
在漂浮中东倒西歪

这灰色的山冈
我一步步接近它
就像刚刚离开它

在它的一个豁口
一只云雀飞起来
声音如一滴雨
众多的雨
没有跟随

杏花

漂浮的尘土并没有污染它
它在等待一场雨

我去看它的时候
它恪守素装
像一个风尘仆仆的女孩
被风吹走了头巾

多好的头巾
像一片纯净的雪

我在硕大的园子徘徊着
或者有一瓣飞花
拍打肩膀

或者有一簇花蕊
像神秘的笑靥

我遗憾地离开了
我甚至不是那场雨中的
一滴

一截土墙

一个朝代的承重丢失了
众多的野草
簇拥着它

似乎那些野草是曾经的房梁和椽柱
似乎那些野草是陈旧的
窗花和门神

一场晚宴
或一次简单的早餐
香气绕梁三匝
一朝的温饱
忘记了千年的饥渴

它们暗藏的秘闻
我不曾触动

半山腰

云飘过来
在半山腰
就能乘它渡河

牦牛在山下甩着尾巴
几只蚊子
轻巧地躲过

若要看清楚那只鸟
半山腰上
它们的巢穴
还有几颗
储满风尘的
鸟蛋

四座城（组诗）

锁阳城

序言

集合起所有的戈壁，如果还不够
集合起死亡的白骨和连片的坟墓
如果还不够，集合起风
风吹沙，风裹石，风搅雪
如果还不够，让一截断墙
支撑天空，让稀疏的星星漏下光束
照见被野火烧焦的粮食

1

水想流到哪儿就流到哪儿
甚至往高处流
低处积满了水，亮晶晶的
阳光在滑行，像是水上的舞者

水边，一个扔石头的孩子
打准了豹子的额心

众人抬着那只死亡的豹子
围着浩渺的水，高呼
一声高过一声，声浪燃起了一片篝火
那个夜晚的山洞
少了鼾声，多了烤肉的香味

水边，捏泥巴的女人
突然间捏出了自己的脸
她一阵急跑，在水中照了又照
原来，这世间还有另外一个自己

于是，人们纷纷走出山洞
水把他们聚集在一起
他们分别从树叶中找到音乐
从水中的鱼提取游动的骨架和线条
让它们有活的灵魂，让自己在这些活的灵魂中
淬炼，像不经意间烧红的一块泥巴
有自己活生生的眼神

原来一切都可以永恒
被掩埋的兄弟，很可能在另一个地方长大
再回到我们身边
就像陶罐上的鱼儿
那鱼儿，也能回归到水中

举着石头的人

看守火种的人
采集野果的人
织网的人
一大群人分开
各自在石头、火和植物的纤维中
寻找未来的日子
或者明天早晨起来的那个自己

一个山洞，另一个山洞
无数的山洞
人们在大地上、森林中
草原上，在山间
跳舞，唱歌，石头上
他们的生活栩栩如生
挣脱了时间的束缚

骑马的人，在大雾中消失了身影
循着月亮的光芒和马蹄的声音
后面跟着一群马

会是怎样的奇迹
阳光的颜色
树叶的颜色
花的颜色
都映在人的脸上
成为肤色的一部分

映在人的身上
成为服饰的一部分

绳子上的结，已记不下
日出日落的脚印
一个男人和一个女人的凝神
一枚骨针或者贝壳
越来越浓的腮红
在晨光或晚霞的掩映中
渐渐飘飞于内心

2

阴冷的朔风
把骆驼刺吹黄，这匍匐于戈壁的植物
像一群低矮的骆驼
色黄而憔悴

听不见另一只鸟的召唤
那只麻雀从茂密的骆驼刺中飞出
它是谁的孩子
它的父亲和母亲是从哪儿飞来的麻雀
如今，它们又飞到哪里去了

红柳的花穗，在旷野中如一束火焰
但就是这火焰
也烧不透层层叠叠的荒凉

一棵红柳，一片红柳
只是戈壁上的一盏灯
春天点燃，夏天燃烧，秋天旺盛
而冬天熄灭
在这广阔的戈壁，水
唱着歌儿流过
玉米和小麦唱着歌儿发芽
在等待和期盼中成熟

这是一段好时光
一座城池像一个巨人
四面簇拥着五谷，由葱茏到金黄
像是斑斓的裙裾
如同光滑的丝绸
从水面上反射的光
组成丰收的阵列
多汁而香甜

微弱的风
在黄土夯实的墙面爬行
激烈的风，迅速摔碎
一场雨水
从城门流入，所有的泥泞
溅起重复的脚印

收获的季节

天空万里无云
汗水，一滴八瓣
混在粮食的颗粒
劳动的芬芳
在一片诵经声中
人们的内心渐渐平静
像一湖水，水波不兴

3

把羊献上，牛也献上
一炷香从来路来，回到梦乡
河边的塔
一共七个，大塔矗立在中央
绿色的琉璃瓦闪着光
像田野里成长的玉米
一座塔的成长，无声无息
人走了，它跟随着人
一个人，一群人
坐在土炕上
一座塔也会稳稳地安放在灶边
像平常的饮食

冬天的一场暴风雪
埋掉了路和外面的消息
细密的雪
也没有停止的迹象

一匹黑马浑身雪白
它颤动了一下，又一下
身上的白
如同与生俱来
它长嘶一声，推开
狂暴的雪
与雪融在一起

这一刻，敲木鱼的老人
那响亮的木槌越发有节奏
越发缓慢，似前行的刀子
割开冻僵的世界

或者放声啼哭
或者抽泣
或者在牛粪火上架起一壶奶茶
或者啜饮一杯酒

雪像一根绳子
绑住人们的身子

4

刚刚是春天
一切才刚刚开始，种子
在沙田中贪婪地吮吸

土地的光，水的光和阳光的光

刚刚是春天
一切才刚刚结束
漫长的寒冷，退回到长山子的峰谷
像是一只胆小的兔子
探头探脑

河谷里的胡杨树枝干嶙峋
去年的黄叶被风吹尽
有几片落在了山下的田野
有几片落在疾驰的马车上
漫卷的风，沙子和树叶飘着
灰头土脸的人裹着衣服
匆匆走进宽大的城门

城门哐的一声就关上了
刀出鞘，箭上弦
角楼的传令兵大喊：来了，来了
远处，乌压压的黑云
它的阴影渐渐笼罩了城池
阳光在刀锋上闪亮
飞矢，那不可逆转的嗜血之口
像成堆的蝗虫
穿透一座城池的景深

顿时，人们跌落于无边的恐惧
众多的呐喊声融合为一个气团
像一列列旋转的风柱
所到之处，粉碎砖瓦、木石的声音
滴着泪与血，来不及哭泣

前方的烽燧上烟火骤起
墨汁一般的黑色慢慢盖住人的头颅
淹没了年轻的秀发

河流在时光中变幻着名字

越来越污浊的水
被风改变了方向
卷着砂石和淤泥
冲出原有的轨道
像突然间翻下路基的马车

一座城迅速干枯了
比一棵禾苗更脆弱
在强烈的阳光和冲锋的呐喊
比割肉的刀更锋利

似乎一切都结束了
但在绝望的天空中漏下一丝丝亮光

那带着红色苗枪的植物
在城墙边，在沙丘下
在一丛梭梭柴的阴影中
像一盏油灯，忽明忽暗
但那直入人心的光
一瞬间就填充了饥饿
恐惧也像灰尘一样
随手拍掉

这卑微的植物
为一座城池收揽了
筋骨和臂力
为一座城市握紧了拳头

那些马，临风竖立鬃毛
与出发的箭矢平齐
风在半道被截杀
塔尔寺的钟声和祈祷
让人急速的心跳逐渐平静

5

归来者，在一丛红柳的夹缝中
认读兔子的悠闲
在一段城墙的托举中
测量戈壁的荒芜

五月，那戴了紫色小冒的锁阳
密密麻麻
它们似乎与一座城池无关

黑山

1

如果水往上走
那就是一座山

如果山穿上一件黑衣服
那它前世的谜
必将洞开

2

山谷里的事情有的发霉
有的干瘪
有的潮湿
还有的静谧

从一头到另一头
从水到植物
从悬崖到羊肠小道

一束野玫瑰
几颗新鲜的草莓

就让恬淡的岁月悄悄退却
留下万千滋味

3

马的身子
牛的身子
还有那细小的蛇

在夜色中舒展
它们本身就是一缕月光
比月光更皎洁

4

石头上的年轮
自己对自己说话
那洇开的一抹黝黑
竟然像鲜活的皮肤
有昨日火把的余热

那紧闭的嘴唇
有几颗牙齿
如这无语的旗幡

5

阳光留在石面上的阴影
一直没有消失

像是阳光丢下的神秘的绸纱
与黑色的悬崖重合

光滑，有机物的油腻
正在生长的
或者正在安歇的
屏住的呼吸
仿佛一触即发

6

尖利的刺
是在风的叫声中发现的

惊慌的兔子
在自己的运河边筑巢
别墅至少三套

蜥蜴和蚂蚁
匍匐于地
一个忙碌，一个静养
给人的感觉是
机会到处都有
机会稍纵即逝

7

几个人见面了

在这条山谷是一件大事

几个各自有自己的领地
有自己的树、溪流和草
这里的树不会到那里
那里的草不会到这里
因此他们也不会像溪流一样
从山谷的这一段到那一段

他们互相看了又看
看过之后叫几声
看过之后身体不由自主地战栗、摆动
像一团草
像打着漩涡的溪流

8

在手心里攥热的贝壳
细密的纹理和纯洁的白
集结了太阳的丝线

一个人缜密的心思
总有暴露在阳光之下

接过这贝壳
一个人身体的余温
一个人的话语

全部被解读

9

羊，走进栅栏里
只要门被关上
它就离不开群居和饲养
走再远，走到这条山谷的尽头
那个栅栏一样拦住它

牛也是一样，它的愤怒
它的冲撞
都被及时地制止

饮水的槽
反复舔舐
光滑的木质部
越来越像榆树的舌头

10

石缝里的水
天上的雨水
地皮上花儿
全部挪到岩石上

昨天夜里的篝火
照见狼的嗥叫

豹子的长吟
在一块石头的刃上
一丝丝还原
只要看见
就能听见

冬天的雪
把兽皮披在人身上
把山洞的灶火增加两堆
相爱的人
拥抱在一起

11

起风了
这是少有的昏暗的日子
地上的石子在天上飞
沙子跟着飞

斑驳的日光
清冷的月光
茂密的杨树和柳树
整齐地从身边走过
从生活中走开

欢乐和忧愁像一片片树叶
说绿就绿了

说黄就黄了
说掉就掉了

厚厚的腐殖土
埋住了四处流窜的寒冷

12

每一个人都是自己
每一个人都是世界
拨开杂草，烧毁荆棘
越来越灵巧的手
在石头上敲出叮当作响的月光
四溅的月光
像是自己的眼神
成为陶罐中
晶莹的水

石头的冰冷
在一次次抚摸中散去
渐渐有了自己的体温
它们在石头上峥嵘地往返
陡峭地生活
似乎是一种精巧的复制

谁是谁的某一天
谁是谁清晨和夜晚

那些漫山遍野的石头
像历史的册页镶嵌着
岁月的光彩
掩映于尘埃之下

牧羊人用衣袖轻轻擦拭
它的光泽如星河流泻
冲入人间

火烧沟一带

1

在黑夜中沉睡太久
它必定要醒来

它握紧黑夜的黑
越握越紧
甚至敲碎
才能掰开

一块块石头
殷红的身子
裹着沉默的雷

2

谁会是一道闪电
用一根鞭子抽打
寂寞的时光，让时光溅起火苗

一道闪电
终于击穿了
沉积的呐喊

3

几只羊
离开草地

几滴泉水
离开一座土梁

雨水，回到雨水
雪，埋住秋天的花

4

结绳记事的绳
一半在回忆中
一半拴住知了的叫声
全部的夏天
在一场大火中

渐渐凉爽

5

这只杯子
这只壶
这只罐子

装满了寒霜
压住遗留的火

6

男人粗重的呼吸
在女人的胸前起伏

那个夜晚的月色
有多少做成了窗饰
又有多少裁成了衣服

织网的人
一根细小的骨头
还有骨气和血气
灵活地转动着姿势
拥抱了整个夜晚

7

鸽子的羽毛上沾满了阳光
热烈的语气，像是一阵奔跑
回到自己的身体

狼的眼睛
一盏灯笼
又一盏灯笼
挂在洞口

8

一次次飞出的石头
攥住了一穗谷禾的呻吟
轻轻的，浅浅的
目光垂向土壤的那一刻
一株牵牛花盛开了

9

一群人聚在一起
粮食的味道
肉的味道
在空中旋舞

一棵植物的本性
向着水和光伸展

从树上滑下来
自觉地追随那一缕风
反而比风更轻盈
像更舒心的那一股风

10

劳累会像尘土
稍稍一拍就飞起来

暗红色的泥巴
有一个孔
再有一个孔
每一孔的声音都把
人身上的劳累
一遍遍擦拭

谁能不侧耳倾听呢

11

沙子卷来
从前的沟壑走到了另外的地方
手上的火种
还在手心亮着
一个部族的忍耐
比冬天漫长

春天到来的时候
却是微微一笑
剩下的日子
雪一样化掉

草上的露珠
戴在了脖子上

12

一个人看见另一个人的眼神
像飘摇的树叶
像飘摇的阳光下的树叶
闪着捉摸不定的光

一个人再见另一个人的时候
不由自主地洗了脸
整理了身体上的草裙

一个人的笑容越来越多
像山坡上的野花

13

天苍苍，野茫茫，水汤汤
炊烟从山洞，从茅草屋
从土窑，涌出来
不时有咳嗽声

熟食的芳香
侵染人们的生活
与生俱来的野性
像污垢，被风吹掉一部分
被雨水冲掉一部分

体温和兽皮绷紧了冬天的岁月
打磨石头的手
不知不觉把自己的笔画
刻写在石头上

14

追赶一群羊
追过偷偷溜走的季节

牛的犄角
放在土台
曾经丢失的狂舞和长啸
曾经在牛角尖上打滑的风
一一戳破
诚心诚意的祭献
在某个宁静的正午
点亮了心中的那一点黯淡

15

饥饿像夏日的阳光
照在山洞以外
树荫之下，蒿草繁衍
一些草给羊
一些草留给人

无可挽回的干旱
从远处的草原围拢而来
一个人脚下的泥土
裂开了缝

这些小小的缝隙啊
能把所有的人都埋进去

虫子声嘶力竭地叫着
人们嘴角的那一丝抽动
重复了好几次

16

草走了
羊跟着走

树走了
人跟着走

祖宗在土里
留下记号

走远了
回头再看
被自己的身子焐热的土
像一张皱皱巴巴的脸

酒泉

1

一路上，一口水悬在嘴边
一口水，晶莹如玉
一口水，在酷热中煎熬

一口水的心境
加上时间
就是泉
加上机遇
加上奇迹
就是酒泉

2

水说话
粮食说话

秘密的技艺说话

木头和羊皮裹着春夏秋冬
说话，哑巴铃声响起
嘟嘟嘟的棍子敲地
从黑暗深处赶来的蜜蜂
堆积如花
真正的蜜
一滴一滴
如纯洁的水

酒泉，石头成杯
葡萄入酒

3

天上的星星，醉眼惺忪
只有一颗砸吧着嘴
从北斗的勺子里
舀酒

地上的杂草中
两只鸟儿一雄一雌
一束草之下的蜜月
拌匀了纯洁的露珠
有一点凉霜
亦有趋之若鹜的火热

它们互相看着
胸脯下的蛋
充满了期待

4

运粮的马车
鞭梢儿在村庄的半空
抽响平静的空气
赶车人吆喝一声：走喽
站在村口的女人不由得眼睛潮湿
而在自家窗台上
偷偷向那马车瞟了一眼的女人
回头把自家的鸡撵得直跳

孩子们在沙丘上
断断续续挖出了甘草
冬天的咳嗽
慢慢地被甘草汁淹没

贫瘠年代的滋味
苦涩中品出了香甜

马车走远了
清晰的辙
也跟着走远
像是粮食的影子

深一脚浅一脚

一眼泉的由来
粮食的由来
载在一辆马车上
每一个段落
都有耕种、施肥、收获的轮回

5

从来处来，被称作孩子的麦粒
寻找麦秆和根
麦秆碎了
把麦子送到马车上
麦草在炉火中燃烧
小小的麦粒
脱掉阳光的包浆
面如纸，萎缩于翻飞的雪狼
写下生命的狂草

一个漫长的夜晚
等待那个出远门的人
等待那个赶马车的人

可他一直没有回来
一直走在路上
见过他的人说

快回来了
可村口上的那棵小榆树长大了
长高了，也没看见他

就这样，小小的麦粒
纵身投入越来越醇香的梦
投入无边无际的浪漫之波
让所有的等待成为相遇
让所有的相遇成为掩面而泣

那含盐的珍珠
酥化，喷涌如泉

6

旷野中的风
是一群披头散发的人
是一群饥饿的狼

偷偷藏在柜子里的念想
是一群蚂蚁
一只只蚯蚓

从旷野到绿洲
张开的陶罐
盛满了风的粗粝
偾张和扑食的虫蠹

在刻满文字的罐壁
皈依素颜，如放下屠刀的匪

从戈壁到戈壁，从沙漠到沙漠
碎石以及柔软的沙
几丛梭梭柴，几丛骆驼刺
几多温暖
沉思而微醺

只有剥离的花粉
从最初的那一粒麦子中吹来
从春天吹来

7

一滴血，照见一个人的往昔
蒸煮三次，暴晒三次
世界就寄存于这一滴血
幽暗的瓷胎中
像是孕育，喜悦、焦虑、冥想
糅合在一起
发酵、再生、超越
平静的生活中，冲天而起的浪花
来自无水之水，腾空的火苗
来自无火之火

一个人逃脱自身

一个人与云霓平齐
一个人皈依于真诚，像光着身子的孩童
这世界，纯净如空

8

少而行，如兔
忧愁的滋味不在草尖

只有那突击于底层
寻找水分和养料的根
须发如云，卑谦如蚁

只有三春的饥荒
向着空白的土地
租赁一根草的春色

只有坐下来就无法站起
只有绳子拴住的风
拍打院墙和木门
虚弱的身子
不能打开另一扇窗户
不能返回豪气如牛的自己

9

突然间坠落的流星
永恒地照着一眼泉水的星星

欢乐的琴弦
冲锋的号角
庆功的宴饮

一时间融入这涓涓溪流
别样的滋味
酿造这天地间的默契

不是这一杯
是已经入口的这一杯
醇香和辛辣
分不清人世的情分
有多近，有多远

烧红的铁
向微弱的泉要一碗水
泉给了